咏叹之年

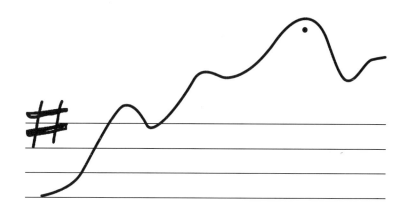

刘东

著

江苏人民出版社

图书在版编目（CIP）数据

咏叹之年/刘东著. --南京：江苏人民出版社，
2018.9
ISBN 978-7-214-21583-3

Ⅰ.①咏… Ⅱ.①刘… Ⅲ.①散文集－中国－当代
Ⅳ.①I267

中国版本图书馆 CIP 数据核字（2017）第 301111 号

书　　　名	咏叹之年	

著　　　者	刘　东	
策 划 编 辑	徐　海	
责 任 编 辑	陆　扬	
责 任 校 对	卞清波	
装 帧 设 计	白砚川	
责 任 监 制	王列丹	
出 版 发 行	江苏人民出版社	
出版社地址	南京市湖南路 1 号 A 楼，邮编：210009	
出版社网址	http://www.jspph.com	
照　　　排	江苏凤凰制版有限公司	
印　　　刷	江苏凤凰新华印务有限公司	
开　　　本	880 毫米×1230 毫米　1/32	
印　　　张	7.875　插页 5	
字　　　数	161 千字	
版　　　次	2018 年 9 月第 1 版　2018 年 9 月第 1 次印刷	
标 准 书 号	978-7-214-21583-3	
定　　　价	48.00 元	

（江苏人民出版社图书凡印装错误可向承印厂调换）

目　录

又上景山

真没想到，时隔二十几年，我两次无意间登上景山，感受竟是那样的不同。

第一次是在十岁那年，我从天安门一直走到了景山。——也正因为这样，这个小土丘给我的印象，就不是它本身的什么景致，而是它和天安门的某种联系。本来，一个初到北京的外省孩子，只知道这里有一座金碧辉煌、红旗招展的天安门。在我背熟了的儿歌里，它是象征着一切光明与美好的圣物。可是，等后来跟着大人买票走进了天安门（那时候还准许参观故宫的人走它的正门），我才恍然大悟：这座城楼原来是皇帝家的大门，打这里穿过故宫，直通皇宫后门外的那座小山——那是人们用挖护城河的泥土堆起来的，名叫景山。

我当时什么都没有想，也什么都不会想。不过，这番经历却使幼稚的我对天安门生发了一种无名的失望。而等我长大了一些，特别是经历了十年文化浩劫的价值毁灭之后，这种失望就渐渐地明朗化了，被填充了一些确定的内容。我那时是喜欢做诗的，所以也就对记忆中的景物进行了诗意的联想。我以为,从天安门走到景山,正象征着一个专制皇朝命中注定的全部起承转合。你看——从万众欢腾的天安门,走过杀气腾腾的午门,来到静鞭三响的金銮殿,再穿过佳丽三千却只准有一个男人的后宫,不是正好走到了吊死过明末崇祯皇帝的歪脖子树下了么? 这里的建筑空间,似乎高度凝练地冻结了中国古代周而复始的历史时间,向人们诉说着一轮又一轮大同小异的悲剧故事。谁从这里走一遭,就好像看过了一次中国历史中特有的"王朝循环"。

我曾经想就此写一篇充满火药味的诗,题目便叫做《从天安门往里走》。照我当时的构思:无论人们有过多少梦想,只要从南向北走到景山,都会感到一股透骨的悲凉和幻灭。因为这一抔陈土,其实正是当初在这里修造紫禁城时便已准备好的巨大的坟冢,它记录着又预示着对于中国落后政治文化的一次又一次的埋葬。因此,我想用诗一样的热情大声疾呼:景山所象征的,正是五千年古老传统之在劫难逃的宿命;它唯一的意义是向人们昭示——它周围的一切建筑都已经不再有意义,我们没有任何理由保存和复活它们!

但我的兴奋点很快就转移了,觉得写一首这样批判性的诗也没有多大意思。也许,我天生太喜欢沉思默想和寻根究底了,所以在尝试着写作和发表了一些哲理诗之后,就又感到,仅仅这样去关注事物的细节和追踪它们的表面联系,实在是太不过瘾了。就像古希腊人的精神不可逆转地从"文学年代"跃入了"哲学年代"一样,我已经不再满足于仅仅把注意力停留在感性世界上,而总是希望能够看穿它内在的奥秘。因而,我就越来越不习惯于触景生情地率性走笔了;似乎只有最难以想透的玄奥道理,才会引起我长久的兴奋状态,才会使我萌生以写作去征服它的冲动——用我自己的话来说,我是不屑于再去发"轻狂的才子气";而用朋友们的话说,我已经变成了一个成天苦着脸的标准的"学术动物"。

正因为这样,尽管我后来为了多读些书而负笈燕京,而且在很长一段时间内几乎每天都要路过景山去钻图书馆,却再也打不起精神去重爬它一趟。当然,我并没有丧失七情六欲。不过,我却更习惯于在思想的深处去感受,借运思的过程去宣泄。我宁可多通过语言和书籍去认识世界,因为这可以使我的视点超越时空的局限,不再以个人的经验和痛痒为出发点去判定东、西价值观念的是非与取舍,不再以一己之私弊去玷污学术这个"天下之公器"。尽管我服膺赫拉克利特的名言——"太阳每天都是新的",但对我来说,那太阳只升起在每天打开的新书里。我似乎已经不再奢望:一种直接感性的东西还会深深地打动我,给我留下难以磨灭的印象,甚至给我的思辨工作带来震撼性的影响……

然而,当我偶然间被游兴未尽的女儿从北海公园的东门强拉到景山上的时候,这一切都突然改变了。——默望着山南山北那一条贯串了许多古老城门的主轴线,我突然发现,自己无意之间正巧踩在了龙的腰眼上。山脚下,那些显出皇家气派的金黄色大屋顶,尽管受到了旁边许多不伦不类的现代建筑的败坏,却仍然在阳光下一耀一闪,显得十分富丽璀璨。这时候,审美所必须的心理距离似如一层无形的纱幔,遮去了昔日近看它时所感到的令人不敢逼视的威严。我只觉得,这一片既井然有序又错落有致的琉璃世界,就像从朱红墙面上陡然涌出的富有内在生命力的波浪,饱含韵味地在空间凝结了一片充满音乐效果的节奏,足以勾起游人任何高古的怀想。隐约之间,一丝高亢而凄绝的古琴声,顺着我目光的移动而油然地牵引了出来,令我的心不觉微微地颤抖着。此时此地,任何语言都已经笨拙地失去了表达的功能。即使你一再地警告自己说,那些金光闪闪的大屋顶曾经掩盖了无数卑劣龌龊的权力之争,那种规整得似嫌刻板的建筑格局正象征着令人窒息的等级制度,你仍然会忠实于自己的第一感受,你仍然会长叹着承认——你已经被自己的第一感受无言地说服了。

我猛然打了一个寒噤,仿佛山顶上那习习的凉风已穿透了我浑身的每一个毛孔。我从来没有像现在这样感受到,那个似乎早已离我们远去的古老文明竟如此直观地整个儿摆在自己面前,向我显露出如此可怕的美!记得我在北大礼堂讲演时,有学生递条子来问"什么最美?"我当时曾半开玩笑地回答说:"美女蛇最美——你都知道她是毒蛇变的了,你还觉得她美,足见她具备了最撩人、最可人的形式。"那么,如今我脚下的这一片中国古代建筑群,不正像这种美女蛇么?不管它从政治学或伦理学的意义上曾经甚至仍然表明了什么,也不管它过去甚至现在曾经给中华民族带来了什么样的负面效果,只要从美学的角度看,它仍然具有完整的、自足的价值。因此,人们在对它顿足痛恨的同时,又不能不为之心旷神怡;人们在为它的退出历史舞台而击节称快的同时,又不能不为其倾颓破败而嗟叹不已……突然,我发现自己的心情跟王国维先生接近了许多。本来,我一直弄不懂,为什么他要如此推许公认为托名李白的赝词《忆秦娥》,说它竟以"寥寥八字,遂关千古登临之口"。而现在,我终于领悟了——登上景山怆然俯望,除了欲哭无泪地默念"西风残照,汉家陵阙"这八个字之外,我还有什么好说的呢?!……

当然,有一点我又和王国维大不相同:不管怎样的情智分裂,不管怎样的感到"可信的不可爱,可爱的不可信",我反正不会想到去投湖自尽——那只会使我活得更兴奋,因为我本来就是为了种种想不透的东西而活着的。尽管如此,在走下景山的时候,我的脚下仍然越来越沉重,仿佛片刻之间顿生了老态。我默想着从今以后必须重新思考和处理的种种问题,宛如背上了一个蒙上了五千年灰土的巨大十字架。此时,望着前边一蹦一跳的女儿,我不禁又回想起自己第一次来景山的情景——是啊,天真无知的童年,那是一段多么令人留恋和追忆的美好时光啊!

1988 年 9 月于北京

附记:

这篇旧文压在抽屉里已经很久了,至今才应邵燕祥先生之命,重把它翻拣出来。以前不好意思拿它出来,是有点儿想"藏拙",因为它的文笔既幼稚,又如实地"招供"了自己如何突然间染上了文化的"精神分裂症"。但今番再读一遍,感受却大不相同了。因为,一方面,我已经开始留恋过去的稚气和童心,那中间洋溢的冲力,也许是越近中年越写不出来的了;另一方面,我对自己内心的冲突也不再那么"讳疾忌医"了——与此相反，要是我看到有谁为已经"学贯中西"而洋洋自得，而又没有染上这种"精神分裂症"，就本能地有几分瞧不起他！

1992 年 11 月 11 日于古城南路 52 楼

看球的门道

说起来真想长叹一声,过去我也曾算是半个球迷来着,可如今却竟有几分怕看足球了。

现在回想起来才觉悟到,看球非人多势众不可。只要能扎在人堆里瞎起哄,指手画脚,顿足捶胸,狂喝痛惜,互赌输赢,那么,看球就永远是一种莫大的享受(尽管我至今还因为过分钟爱巴西的艺术足球而欠着别人两只烧鸡未还)。说白了,球场上进行的不过是文明化的搏杀而已,而我们大概谁也不曾从血液深处祛除干净原始的野性。所以,哪怕你压根儿就没踢过球,甚至连最起码的球场规则都说不清道不白,也决不妨碍你非常投入地随大流去做"南郭先生",而看得手心冒汗,看得筋肉暴起,和别人在同一秒钟高声喝彩或喝倒彩。末了,不管你是兴高采烈地想点燃扫帚当火把,还是失望愤恨地要摔碎瓶子作炸弹(这些小骚乱在念大学时谁没闹过?),总之都能得到一种发泄之余的畅快。大约,正因为你看球看得简直比踢球的还累,所以在倦怠之余,反会懒洋洋地觉得浑身自在轻松,仿佛刚刚欢度过一个盛大的节日庆典似的。

　　上面这番话，可算作我的"夫子自道"，若没有点儿亲身经验是讲不出来的。正因此我才只敢自称是"半个球迷"。要是球迷协会也时兴考试录用，那我保险会名落孙山外。坦白地讲，什么"全攻全守型打法"啦、"钢筋混凝土式防御"啦，这些名词我也不是全没听说过；可是，真要让我对着电视屏幕亲眼把它们分辨出来，使球员的表演和这些名目一一对上号，却决非一件易事。我只觉得，那些技、战术分析都是人家内行的事，而我这个外行，只图看个热闹，就足以自得其乐了。当然，我决不是不佩服那些能把球评得头头是道的人，因为若没有他们时不时地敲几声边鼓，我到现在只怕连什么算是"越位"、为何要罚"点球"也搞不懂。不过，我这份儿钦敬却只能维持在终场之前，谁要是把这话题带到了第二天食堂的饭桌上，还在那儿讨论昨晚球赛的细节，我就会嫌他过分较真了。照这样瞎琢磨下去，多潇洒的开心事也糟蹋得不潇洒不开心了，正好比刚刚听完一场音乐会，兴奋劲儿还没过，他就来跟你严肃地讨论"对位法"，不免有点儿大煞风景，败坏情绪。

　　看到这里，读者们兴许要大呼上当了——你既然是个"外行"，又干嘛煞有介事地来谈什么"看球的门道"？然则诸君且慢些发火不迟：外行也未必没有外行的好处。要是我也能对球员的一招一式都洞若观火，很冷静地沉浸在对球场内部变化的分析之中，那么也许我就会不太在意看球氛围的变化，发现不了这样一个规律：一大群人热热闹闹地看球，和一个人冷冷清清地看球，乃是意味完全不同的两码事。

　　记得以前跟一位先生神聊（他可以说是既制造了寂寞却又害怕

寂寞),东拉西扯地谈到了校园里的足球热。我曾问他看不看球,他答曰不敢看,看了就睡不着。当时我还感到好奇怪,其诧异程度不下于我小时候头一回听说有人居然不吃肉(那正是三年饥荒时期),深为他不能领略这种快乐而遗憾。只有到了后来,等我也从研究生院的宿舍搬到了离群索居的套房里,再想凑过去那份热闹也凑不上了,再想狂呼大叫也叫不出声了,我才慢慢地有点能够理解他。当然,我仍然不知道他害怕看球的理由是否和我相同,但无论如何,现在大家都是一提看球就有几分"不忍",这毕竟有些类似了。

麻烦就麻烦在:如果你是孤独地一个人看球,尤其是看那种人家一辈子的成败荣辱都有可能在转瞬之间立成定局的重大赛事(这正是在过去被大伙儿认为最精彩的场合),那么,你就是想不去瞎琢磨,也不由得要动脑筋来联想点儿什么。这样,尽管我仍然不敢以"内行"自诩,却也默默地瞅出了几分"门道"。由此我发现,绿茵场乃是一个最令人生畏的所在,看着它简直正好比在"正视惨淡的人生"。这一下子,看球的滋味就全变了——居然连休息的时候,也总得绷得紧紧地,硬撑着去做一位"真的猛士",真让人叫苦不迭哇!

我发现了一个秘密:足球之最神奇、最要命、最叫人着魔和最难以捉摸的地方,正在于它——只准用脚踢。读者们幸勿为我的野人献曝而失笑,或者误以为我郑重其事地讲这一句连三尺小童都知晓的平常道理,准是在弄什么噱头。其实,最要紧的道理往往都是最简单明了的,只是人们有时候不愿意接着往下深想。反过来试想一下:只要允许球员用手,情况就保准大不一样了。比如美国派到奥运会去的"梦之队",把篮球打得出神入化,也煞是好看。不过我们却没有必要替它的前程担心,原因正在于篮球是用手来打的,其把握性究竟大得多。可足球就满不是那么回事了,球场上唯一一个允许用手持球因而比较有把握的,还是守门员,是专门给进球制造麻烦的;剩下的球员,就谁也不准用手抓球,而只能借不大于 0.1 秒的短暂接触来试图控制它,准头自然就差多了。因此,说来道去,足球场上之所以风云变幻莫测,之所以充满了偶然的机遇,之所以让观众捏一把汗,其要害全都在于:它的游戏规则,对于人这种手和脚已高度分工的高级灵长类动物来说,不啻开了一个残忍的玩笑,让他们尝尝"无常"和"意外"的滋味。设若是让大猩猩来玩这种游戏,那么,由于它们本来就不具备这么笨拙的脚(和这么灵便的手),足球就不会显出什么特殊的难处,也就不会如此叫人揪心了。

看惯足球的人都知道,只要一开球,人们便会不由自主地选择一个队来同情,为它的侥幸得手而叫好,为它的偶然失足而抱憾。如果是对方把球踢到门框上,你就会为之安慰;而如果是这个队把球踢到门框上,你就会为之痛惜。无论是在看台上还是在电视屏幕前,不偏不倚的观众是不存在的,否则,你就不会真正看进去,足球也就不那么好看了。这似乎又是一个极浅显的"门道"。但它的深层蕴涵是什么呢?我以为,这正是由于足球的游戏规则使得人们有可能移情进去,从中体验到一种巨大的悲剧性冲突。一方面,人们总是巴望被自己看好的球队能赢:既然他们拥有更好的球星,既然他们受过更刻苦的训练,既然他们在球场上有更出色的表现,那么,命运的钟摆就理应摆向公正,让他们得到人们预期中的成功。但另一方面,人们偏偏又都知道:主宰球场的是无情的偶然性,"得势不得球"的困境乃是兵家常事,所以,最好的球队并不一定能赢,最大的可能性也并不一定会转变成现实性。这两种心理凑到了一起,就构成了足球场上的巨大悬念,把观众的情绪紧紧地扣住了。大家最忧心忡忡的是:只要还没听到终场的哨音,那么,全凭着球员们用脚来撞大运,就有可能演出任何奇迹,也有可能铸成任何大错,使得这台大戏的情节陡转直下,得到一个连上帝都会为之目瞪口呆的结局。而在此之后,哪怕记分牌上的数字再超逾常理,再不可思议,但它毕竟已经是铁定的事实,再也无法更改,只能咬咬牙接受了。

大凡碰到这样的结局,电视解说员便往往会安慰痛心疾首的球迷说,正是"谁都无法预料"这一点,才是足球最大的吸引力所在,才使它能够风靡全球,远远超越于其他运动项目。这话当然说得很到点子,只是还嫌不够。我甚至认为,足球对人心灵的震撼,不仅超过了其他运动项目,而且还超过了任何艺术家创造出来准备煽动人们情感的作品,比如戏台上的悲剧。原因在于:其一,当人们买票来看一出惊心动魄的悲剧时,他们同时也会买来几块准备擦泪的手帕,而当人们兴冲冲地来看足球时,却大多是以一种预备看到"大团圆"结局的心情,去为主人公有可能遭遇到的悲剧命运担忧,所以,足球的效果到头来会比任何人为设计的戏剧性结局都更令人惊愕和叹息;其二,在悲剧的情节中,其主人公尽管注定要在"形而下"的层面失败,但他们在"形而上"的层面上却永远是成功的,这还会使观众有所慰藉,而在足球场上,人们就无从看出天理何在,潜伏在他们希望深处的公正原则只会被严峻的事实碾得粉碎,所以,尽管足球并没有正面地叙说任何具体的故事,却活生生地象征着人生最残忍的一面。只要稍微放纵一下联想的思绪，我们就会想到，在足球场上奔跑的正是我们自己。在到处充满偶然性陷阱的有限时间内，人生的结局未必会比足球的结局更公正。那些付出努力去耕耘的人就一定会有收获吗？那些被人们普遍看好的人就一定能心想事成吗？那些具备了最大可能性的人就一定有指望笑到最后吗？只怕除了倾听冥冥运数的最终回答之外，谁也不敢在这类问题上说大话。在这里，概率论的统计数字并不能缓解我们的焦虑，因为生命对任何人来说都只有一次；正像每一场球赛的结局都是特殊的一样，每一个人的遭遇也都是具体的和不可置换的。因此，对于种种偶然性的担忧会伴随我们始终，而一旦这种悬念被最终化解，也就轮到我们下场去休息了。或许，这时候你还来得及最后再向球场瞥上一眼，去打量那里重新开始的竞赛。此刻你才会恍然大悟：不管在人生的竞技场上流多少血和汗，一个人对自己的未来都不会比赌徒的盲目下注拿得更准。只可惜，你眼下已经来不及把这番感受告诉那些新登场的球员了；而且，你就是告诉了他们，在那一片不断叫好的声浪中，他们也绝不会听进去。

多么严苛无情的足球，多么扑朔迷离的人生啊！但尽管如此，一听说有激烈的赛事，我还是忍不住要看。因为，你纵然可以逃避看足球，人生终究是逃不过的，倒不如借机再重新品一品其中的滋味。即使我简直心跳得就快要支持不住了（特别是看到以互罚点球决定胜负时，那并不比"猜钢镚"更具有必然性），我也决不怯懦地关掉电视机。我觉得这正是对自己意志的一种锻炼，它可以使我坦然地面对生命的任何一种结局。既然我已经孤注一掷地想以自己有限的余生去做成某一件事,那么我就应该横下心来,准备碰到任何意想不到的挫折,准备接受彻底的和无可挽回的失败。我绝不会像那些狂暴的球迷一样,以徒劳无益的破坏行为去抗议偶然性的不公平。相反,我时刻预备好了,以安静沉稳的心情听凭契运的最冷漠的戏弄。只要人生的终场哨不吹响,我就会尽心尽力地去踢。即使得了头彩,我也不会自以为是"天之骄子";同样,即使没有成功,我也早就想到了——

无论如何,自己还输得起!

全盛期过去之后

旁观者也有看不清的时候。比如夏夏最近掰着手指历数我的爱好:"老爸第一喜欢看围棋、第二喜欢看音乐、第三喜欢看新闻……"我听了以后就蛮不以为然,觉得女儿虽跟我朝夕相依,却终究还未长成能看透别人心思的年龄。

这小家伙儿,满脑子都是她所钟爱的少儿节目(以及一些跟"过家家"差不了多少的肥皂剧),生怕有人跟她抢频道,便只顾着以人家"最坚持要看哪类电视节目"为标准,来判定别人的兴趣究竟何在。可实际上,她顶多算得上"只知其一不知其二"而已:要不是眼下电视屏幕里的音乐节目太粗陋、新闻节目太拖沓,远不及听唱片或看报纸的选择余地大,收视挂盘讲棋就绝不会成为我的"favorite"。因此,说句自我辩解的话,要是有一天咱们的播音员不甘心只充当"口力劳动者"了,我也保管会显得不再这般懒散,而更乐于看一些严肃的节目。当然,有件事却应该预先讲清楚:所谓"严肃"决不意味着板紧面孔照本宣科,比如在英国广播公司的马基(Bryan Magee)对于许多当代著名哲学家的系列访谈中,就充满了自由度很大的激辩甚至挑逗，迫使那些思想大师掏出了许多轻易不露的心窝子话——不过这样一来，别的且不谈，节目主持人的文化素养又先能跟得上才行！

而女儿更不可能知晓的，还在于"其三"：其实我根本就谈不上"喜欢"现在这种下法的围棋，相反倒是有点儿厌恶它由此而浸染的内容，觉得这已经跟现代竞争社会的其他方面差不多"黑"了；而我之所以愿意时常看看棋，只不过是想要借机旁观一番人间世明争暗斗的机巧，从中洞悉现代生活的底蕴，好来参悟自己安身立命的道理。因此说穿了，我这个"棋迷"的"迷翁之意"，不过是以别人下出的棋局为参照物和教科书，借此扩充自己的阅历罢了。

我这么说，或者会让别人觉得有点儿奇怪：难道你真能把那个黑白相间的棋枰当成生活的教科书么？那上面哪里有半个文字符号呢？对此我要答曰：至少对我个人而言，围棋可以抵得一部奥妙无穷的"天书"，而且既是"天书"，本来就该是"无字"的。也许是由于长期的书斋生涯已把我的日常功课弄得过分单调，所以我从挂盘讲棋节目中领教的人情世故，就简直比我在现实生活中直接经历的全部东西还要多！说不定哪天我真会捉笔写本《围棋启示录》的，而我眼下之所以还不敢造次，只不过是因为火候还没到——我每看罢一盘精彩的对局，总会觉得又熟谙了几分世态炎凉，由此我便获得了这样的自知：自己对于现世生活的"实用理性"还不甚了了，还需要多多积累这方面的心得体会。

不过我今天倒很想破一下例，试试能否把自己于落子声中参悟到人生道理说出几分来。我要从近来轰动一时的所谓"聂马大战"

谈起,或者再说得严肃点儿,我要以这场"大战"为典型案例,来剖析某种更为深层的人生问题。在我看来,这场"二龙抢珠"之所以具有典型意义,其实刚好是鉴于它并不能像通常的龙争虎斗那样给观众们带来巨大的悬念,因为在时下已是"一马当先"的棋界,只怕除了聂卫平本人还对此怀有临战前必备的自我期许以外,其他人早都从一开始就逆料到它的结局了;但也正因乎此,我们就不妨说,恰是由于这场"战争"的天平从一开始就倒向了可畏的后生一边,才会促使大家始终对于另一位(曾经对中国的围棋事业做出过历史性贡献的)"末路英雄"的命运投以深刻的同情,并且由此而不禁联想到了一个几乎跟每位观众都密切相关的重大课题——在自己的"全盛期"过去之后,一个人究竟应该怎样认识和对待他无力抗拒的"生命周期"?

很可能,我一提到"生命周期"这个字眼,大家难免马上要联想到所谓"自然规律";但我在这里所说的却主要是一种"社会规律",因为我所讲的"生命"乃是特指人们的"职业生命"。在专业分工越来越细的现代社会,一个非常显而易见的事实是,尽管这个生活共同体的每一位成员都被赋予了大致相等的自然寿命,可他们由于受到了各自分工位置的限制,却又被迫以相当不同的步调来发挥自己天赋的潜能,从而呈显出迥然有别的社会性"生命周期"。比如大家都知道,对于一位体操运动员来说,哪怕他年未弱冠,便已敢自诩"体坛老将"了,而对于一位历史学家来说,尽管他已年届四旬,却仍要甘称"晚辈后学"。所以在这种情况下,大家就千万不要再大而化之地套用孔夫子所谓"而立之年"、"不惑之年"、"知命之年"、"耳顺之年"这类的说法来规划和形容自己生命的各个阶段了——圣人岂是这么随随便便就能学得象的！从文化的深层底蕴来分析，其实只有在有意抵制过于琐细的专业化分工，并以"君子不器"为做人的至上境界的中国古代社会，士大夫们才真正享有过这种从容发育自身人格的生命节奏；而且，虽说他们过于自由地发展全面兴趣的机缘难免要使之在许多专业领域上均停留在李文森（Levenson）所谓的"业余家"（amateur）的水平，但我们若重温一下《德意志意识形态》中的说法，却又不难发现，这种渴盼"人所具有的我都具有"的态度，其实恰恰是马克思梦寐以求的人格风范！然而，令人不无遗憾的是，孔子这种"君子不器"的人格理想，早已被马克斯·韦伯（Max Weber）判定为现代化进程的障碍了，因为它显然会导致一个社会内部的科层不够和效率不高；也恰因为此，中国人目前就不得不向另一种文化规则逐步调适，即以个人人格的日益促狭为代价，来换取整个社会的齐头并进。由是，处在我们这样一个"现代化中"（Modernizing）的社会里，人们就越来越难以获得过去那种比较自然和相对齐一的自我发育步调了；他们的生命周期只能越来越浓重地被打上现代社会分工的印迹，要么去选择一种只能早熟（因而也势必早衰）的职业生涯，要么就转而去选择只能晚熟（因而也势必晚衰）的另一种。

如果认真追究起来，这种过于琐细和僵硬的专业分工，毛病可就大了去了。大家只要略加试想便不难觉察：要是"写诗"的专家竟然可以不谙习朗诵、"写歌"的专家竟然可以不张口试唱，甚至"搞文学"的专家竟然可以不通晓创作、"搞哲学"的专家竟然可以不开动脑筋,那么问题的严重性就并非仅限于他个人的人格发展了,就连这些专业的内容本身也会因此而染上某种负面的效应。不过话又得说回来,现代社会的职业分工毕竟也还有其相对积极的一面:它可以逼迫每个人都学有专攻,以便至少在一个领域内空前集中地发挥自己的生命潜能,从而使各个专业领域都积攒起不断向前突破的张力。在这个意义上,我们就理应平心而论——不管商业味儿很浓的现代围棋沾染了多么令人厌恶的东西,但其实却也正是受这种东西的驱动,才使得围棋的竞技技巧在当今更臻高超。试问一下:假使聂卫平还像过去的士大夫们那样平均分配自己的精力,只是把"琴、棋、书、画"当成用来陶冶性情的必备文化修养,他还有可能在中日围棋擂台赛上以自己的棋艺进步来象征中国棋界的崛起么?由此我们就足以看出,无论聂卫平在博弈方面有多么高的天份,但归根结蒂造就了这位"棋圣"的,还是目前时兴的这种"专业棋手"制度。值得一提的是:在我们这样一个并不特别鼓励和突出个性的生活共同体中,恐怕从古到今都更无第二个人在其生前就被冠以那个裹着灵光圈的"圣"字,无论他在自己的专业领域中做出过何等重大的贡献。这样一个金光闪闪的"中国之最",再充分不过地表明了聂卫平所生逢的机遇。所以乍看起来,他似乎是最无理由再抱怨什么的了,既然命运竟是这等地对他情有独钟。

然而,就像"天道酬平"的那句古语所昭示的那样,命运到头来还是终将把一切都摆平的。在现代社会的"游戏规则"下,不管人们从事何种专业,他们都终难逃脱下述规律:过早地登上峰顶,就势必意味着过早地步入下坡,而过早地享受辉煌,也势必意味着要在此后的人生之旅中付出加倍高昂的代价。所以，我们只要看得稍深一些就可以发现，使聂卫平以前傲视群雄和如今陷入困顿的，委实是同一个原因。我在《中国古代体育文化》一文中曾经指出："围棋在中国原有'烂柯'、'坐隐'之称，其本意恰恰在于让弈者忘却时光的流逝。所谓'棋罢不知人世换'（欧阳修：《梦中作》）、'闲敲棋子落灯花'（赵师秀：《约客》），正说明围棋在中国古代本属排遣消闲、养性乐道之具。传说中孔融二子因下棋而不避杀身之祸（见《魏氏春秋》）、谢安因下棋而不露破贼之喜（见《晋书·谢安传》）的故事，均喻指着此等忘情尘世的境界。"只可惜，与此形成鲜明对比的是：为了更突出围棋的竞技性和表演性，以适应商业化的需求，如今的专业棋手竟偏偏只能在读秒声中去感受时间的迫促了！因此，正象棋迷们都还能记忆犹新的那样，倘若当初不是在有限的时间内"乱中取胜"，或许聂卫平就得再晚一点才能击败日本的超一流棋手；反之亦然，假如聂卫平现在还能像古人那样要求封盘长考改日续战，那么他就完全可能不怕别人把水搅混，而更有成算来落实自己过人的"大局观"。看到像他这样的顶尖高手居然在细节上频频下出"大昏招"（即对于专业棋手来说绝对不应有的闪失），不禁令人油然想起杰克·伦敦笔下力难从心的老拳击手——真正的困难根本不在于对手的强大，而只在于对手的年轻，因为他的精力更旺盛充沛更容易恢复，更有可能趁你喘不过气儿来的工夫找出并抓住你的破绽，给你致命的一击！准此我们就很有理由担忧：正像聂卫平的"运动生命"曾被读秒声"催熟"过一样，他的"职业生涯"会不会也同样被读秒声"催老"呢？

　　当然，仅凭一段时间内的战绩（即使他匪夷所思地输给了韩国的初段棋手），谁也不能断定——这究竟是反映了暂时的"生理周期"还是长久的"生命周期"。而且，即使聂卫平从今往后再也无法调整到其最佳的竞技状态，或者即使他调整到了这种状态也无法再恢复自己过去那种独占鳌头的棋坛霸主地位，我们也仍然盼望他能够顽强地表现出"凭谁问，廉颇老矣，尚能饭否"的可贵斗志。可话说回来，关键的症结却毕竟不在这里，而在于只要古代那种悠哉闲哉的"手谈艺术"被改造成以现代竞技体育的规则来进行，它的典型象征场面就决不再是两位须发皆白的仙翁在修真养性，而是两只争勇斗狠的蟋蟀憋在狭小的瓷罐里捉对厮杀。换句话说，这已经不再是一种适合老者的活动，而演变成了年轻头脑的专利。就我个人的体会而言，似乎以前聂卫平老是能把看来已经无望的前半盘棋越走越好，而现在他却总会把已经渐入佳境的后半盘棋越走越糟。我们实在不必为他那些看来"不应有"的败招寻找什么偶然的借口或托辞了，因为更深一层的运数在于：现代围棋已经不单是比试造诣和经验的，还更是比试耐力和速率的；所以老运动员尽管可以在布局阶段借助其老到的"大局观"赢得更多的"胜机"，却很难在续盘和官子阶段拥有相对充裕的时间来防止出现纰漏，以便通过对于每一个局部的精确算度而把获胜的可能性转变为现实性。就这一点而言，现代围棋的确比古代围棋残忍得多，它使人过早地遭遇到了自己"职业生命"的大限，过早地走完自己事业的"全盛期"——不光是一代圣手聂卫平很快要碰上这种限制，就连眼下如日中天的马晓春也终会在不太久的将来便碰上这种限制。

更进一步说，竞技性围棋的这种残忍，又由于聂卫平本身的个人际遇，而对他显得尤为严厉。缘此我们完全有理由替他抱怨道：命运之神简直像一条两头蛇，对他显示出双倍的苛刻和反复的磨难！过去，它曾经要求他付出巨大的努力去战胜别人，以便代表中国围棋界冲击世界水平，而现在，它又来要求他拿出更大的心劲儿来战胜自己，以便即使在"全盛期"过去之后还能保持一种平常心——还有谁这辈子比他活得更累呢？西谚有云："唯有坐过王位者，方知做百姓不易。"而这方面最鲜明的例证是，据说老丘吉尔告退政界以后，只要听说未经本人参与也能对某项世界事务做出决断，就立时觉得自己仿佛被浑身脱得精光；由此足见凡是已成大器者，到头来总要忍受更强的失落感，正像体操运动员把跟头翻得越高，在落地时就越难站得稳。所以我们或者不该老是一味地去"同情弱者"，也许生活中的"强者"更值得大家给予同情。虽然这场世所瞩目的"聂马大战"本身，就还意味着聂卫平远未到达老丘吉尔当年的"职业岁数"，还意味着他至少仍然身属当今棋坛的"one of the best"，但无论如何，几乎跟它的战报同时从电视屏幕中播放出来的，居然阴差阳错地是那句烧酒广告中的大话——"下棋做棋圣"，这种不无反讽的场面毕竟叫人觉得有点儿替他难堪了。嗟呼哉！人生中竟有如此残酷的一面：从小就有一根无形的鞭子在催促"人往高处走"，可越向上攀越，那凛冽的高空风就越会让人感到"高处不胜寒"……

由此就势必要逼出我们开头提过的那个问题了：当一位伟大棋手的"全盛期"过去之后，或者当其他什么专业的"九段高手"从自己的巅峰状态跌落下来以后,他到底应该怎样认识和对待自己的"生命周期"呢?——这无疑对任何人来讲都是一个至关重要的人生课题,而且这个课题比以往的任何难关都更能检测一个人所曾达到的造化与修行。若从消极的眼光去看,你当然可以把剩下的人生阶段看成一盘无力回天的"残棋",干脆刚下到中盘就"投子认负",从而给今后的生活留下无限的追忆与悔恨。但若从积极的立场出发,你也完全有可能在人生的棋盘上继续下子,甚至把落在楸枰上的棋子全都推开,以便重另开始一次新的布局。而这两种截然相反的人生路径,惟不过取决于你内心意念的陡转而已! 因此,只要能看得开一些,你就不难发现,倘若哪一天能够从太过繁重的赛事(或者写作、演出等等)中脱身出来,其实刚好算是给了你一次难得的良机,使你能有工夫冷静地反躬自问:你过去也许并非完全自觉选择的专业方向,是否真值得你为之贡献出毕生的精力? 如果答案是肯定的,那么即使你本人的"全盛期"业已过去,你仍不妨津津地乐于此道,把自己的经验当成宝贵的财富转赠给后来人,并且只要求他们以表现出更高的完美作为唯一的回报。而如果答案是否定的,那么你就更没有必要为自己从"名利场"上的急流勇退而抱恨了,相反倒可以在更值得热爱的领域去继续发展自己的人格,以便抓紧余下的时间领略人生的真谛。从这个意义讲,尽管专业棋手的"职业生命"要比专业学者短了许多,但短也自有短的好处,因为后者的"全盛期"来得既慢去得更迟,往往连为自己"数数子"的时光都剩不下几天!

当然,无论我们选择了什么职业,总还是"通天下一理也"的:只要一个人做某件事的初始动机并不在于"敬业"乃至"乐道",而只是把功夫做在"诗外",那他肯定就为自己的未来种下了灾难的种子;这样的人,无论其巅峰期成就如何,都很难在其事业的"更年期"保持应有的心理健康,而只会弄得自己和别人都为此大遭其罪!——我们已经看过不少这类前车之鉴了,所以大家从事业刚开始时就理当小心提防才好。

"读" 武侯祠

前些时,曾有朋友对成都城边的武侯祠大发感慨,觉得若拿它的热闹气派与张衡墓的冷落寒碜一比,就足可见出中国古代社会的"官本位"来,说明前人如何地不尊重文化、不尊重人才。我听得不太对味儿,但还来不及细想一下这番高论的毛病到底出在哪儿,注意力就又被吸引走了(这或许正是影视艺术的障眼魔法所在)。

然而不久,我正巧有机缘重游成都。于是跟着和我一起编丛书的朋友们,先看完了杜甫草堂,又驱车来到诸葛武侯祠。一进大门,我突然有所悟,想起朋友们的那番对比是整个地闹反了!难道刚才看过的草堂不是为"诗圣"盖的,反是为"工部"盖的吗?所以,与其说中华民族不尊重文化,毋宁说她对文化这两个字有自家独到的理解(更偏于审美而非科技)。而眼前,人们居然把刘皇叔安排得如此"不以臣卑鄙",来替他的丞相看守大门,这又岂是套用社会等级制度就能解释了的?所以,我禁不住对同行的人大声嚷嚷道——非要用"官本位"来套,那么刚才的草堂恰恰显示了一种"非官本位",而现在的武侯祠又恰恰显示了一种"反官本位"!

　　于是,尽管好不容易才逃离了书斋一会儿,但积习却又使我自讨苦吃地站在武侯祠里出神默想起来。细细"读"起来,武侯祠这个建筑学文本的内涵还要复杂得多,根本不可能信手拈一个简单的概念去涵盖。它所象征的,正是中国古代文化一低一高的两个不同层面。一方面,政治学意义上的君臣之道,严格和严峻地规定了不可僭越的君尊臣卑的礼序,故此人们绝不敢让诸葛孔明去造次统领两厢林立的文臣武将,以免犯上作乱之嫌。建筑师们也只得摆出一个"君先臣后"的格局,让刘备最先享受香火的供奉。但另一方面,伦理学意义上的君臣之道,却最终落实在那个"道"上——一位政治家能否成圣成贤,得要看君何以君,臣何以臣,而与有无南面之尊并不直接相干。所以,真正有资格在这座纪念性建筑中受到人们顶礼膜拜的主神,还是那位"大名垂宇宙"的"宗臣",而非比他拥有更大政治威权的君王。我想,武侯祠的精妙匠心,恰恰在于它具有多重解释的可能,把中国文化的这两个侧面水乳交融而又泾渭分明地收纳到了一整个土木结构之中,从而既不冲撞政治学意义上的正统,又可以让人心领神会伦理学意义上的正宗。所以,毫不夸张地说,"读"透了这座建筑,简直就算上了关于中国文化的深刻一课。

　　我当然知道,有"考据癖"的人是不大愿意向这里的主神致敬的,因为历史上的那位诸葛先生与供在此处的人格神之间有很大的出入。近年来,史学界每每有文章来琵琶反弹,似乎在竞相还这位"三达德"之化身的"庐山真面目"。不过,更惹人深思的问题却在于,如果把上述"古史辨"式的思路掉转过来,反问一下后人何以要对这位历史名臣不断地添枝加叶,那就不难发现——那些添补上去的借以美化这位人格形象的历史学意义上的假象,其实倒正是亚里士多德在《诗学》里讲过的、比历史更高一筹的理性真实。也就是说,后人在这里所颂扬的乃是发自其本心的一种伦理理想,亦即为了国计民生而"鞠躬尽力,死而后已"的道德境界和儒者风范。而若以阐释主体的企盼和希冀来衡量,一位历史人物实际上的成败利钝就并不是显得那么重要了,因为人们在这里想要强调的是"理应如此",而非"事实如此"。

所以,在武侯祠里打量得越久,我越觉得,这里的每一砖每一瓦都是和着儒家伦理观念垒砌上去的。顺着思想的逻辑,孔子"仁者爱人"的一般伦理命题自然而然地演绎到了建筑师的蓝图上。毫无疑问,既要治平、外王,一种抽象而普泛的道德法则就必须贯彻到具体而特定的政治实践上去。因此,那些"己所不欲,勿施于人"、"己欲立而立人,己欲达而达人"之类的形式律令,就非得具体化为"敬事而信,节用而爱人,使民以时"之类的特定政治操作规范不可。否则,就不可能真正做到"为政以德",使"天下有道"的政治抱负获得某种现实可能。缘此,儒家匡世济民的强烈愿望,势必驱动它下潜到现世去进行有限的却是必需的自我展开,确立具有特定道德内涵的"君君臣臣"之道,以落实它那超然的人本精神。如以西方大哲的思想体系作比,那么,一般伦理信条属于儒家"哲学全书"的总论,而浸染着这种伦理精神的政治行为规范则是它的分册之一。换句话说,前者叙述的是精神"自身",后者演示的是精神的"外化"。由此而观,诸葛亮的形象所以能"千载谁堪伯仲间"地被祭祀在武侯祠里,正是因为他那种"开诚心,布公道,善无微而不赏,恶无微而不贬,终于邦域之内,咸畏而爱之"(赵翼:《廿二史札记·卷六》)的政治家风范中,确确实实是分有了儒家伦理的一般理念,从而使抽象的道德要求在某种程度上被践形出来。不知就里者,一看到这里的香烟缭绕,必会想到韦伯所讲的那种巫魅迷信。其实,这里崇尚的偏偏是一种理性的精神和伦理的价值。

不过,想到这里,我反而又暗自生出几分踟蹰来。顺着方才的思绪走下去:既是"分有",如何能够不走点样儿? 或者更明确一点儿说,一种纯粹精神的外化过程,必然也就是其有限化的过程——此乃思想史之通例,儒家思想也绝难例外。任何一种具体的政治体制,都是介于它所属文明的价值理念和社会结构(特别是经济结构)之间的有限物,它在受终极理想范导的同时,还要受实际物质生产水平的牵制;若是一个文化共同体付不起那样高的"制度成本",纯粹基于价值理念而构想的政治制度——如《礼记·礼运》中那段被人引俗了的话——就终是可望而不可即。正因为这样,在一整套的哲学全书中,受技术手段约束很大的政治哲学就总是不可能像纯粹的价值体系那样高迈超然。比如,后人读黑格尔的《历史哲学》,总会觉得它远不如其《精神现象学》那么带劲儿! 因为时过境迁之后,人们回过头去总是很容易发现:一种原本应朝着无限上升的精神,是怎样在一个有限的历史结构中凝滞甚至堕落的。儒家哲学的情况也同样在劫难逃:它向现实政治切入得越深,沾染的有限性也就越大。此时此刻,我不禁记起少年时的幼稚来——竟然一边贪读《三国》和《说岳》,一边遗憾地想:要是诸葛亮和岳飞都不理睬净跟着坏事的圣旨该有多好! 我当时哪里能弄懂:儒家的伦理思想,已经为一个特定历史阶段的政治结构制定了种种"天经地义"的"职业道德";而这类"职业道德"虽然有助于该政治机构之内在运作的相对合理化,却也同时阻碍着对它的外部超越。所以,在一个具有明确分工的政治体制中,受自身"职业角色"的限定,不管皇帝是否"英主",不管他是否做到了"君使臣以礼",那两位大英雄都必须做到"臣事君以忠"——即使这明显是一种"愚忠"也罢,即使这种"愚忠"明显会葬送他们经天纬地的抱负和才能也罢!否则,他们就已是大逆不道的乱臣贼子,后人就只会用"王莽谦恭未篡时"之类的话来指斥他们,哪里还会为其修祠建庙!缘此,在过去儒家文化的特定氛围中,摆在他们面前的两难就只能是——要么死心塌地地上演悲剧,从而成为舞台上的英雄;要么生出反骨来上演喜剧,从而成为史籍里的丑角。想到这里,我不禁又记起黑格尔关于东方民族不懂悲剧的说法来,那是一种多么偏执的误解啊!他在讲那番话之前,真该先到武侯祠或岳王庙来看一看——如果不是为了"长使英雄泪满襟",中国人会营造这些供他们痛哭和宣泄的场所么?

而再进一步想,这种悲剧不光体现在信奉儒学的历史人物身上,还更体现在儒学的自身命运之中。再借用一次刚才的说法——一种纯粹精神的"外化",又必然在很大程度上招致其自身的"异化"。或者说,在一个有限的历史进程中,儒学之所以"有所成"的手段,偏偏又正是它"有所失"的途径。历史的复杂性在于:一方面,无论如何,只有入世才能匡世救民——儒家从它的价值理想出发,的确是脚踏实地地在一个君主专制的特定政治结构中尽可能多地争取到了爱民、清廉、尚贤、使能、纳谏、勤政等等比较贴合它那人本理想的开明政风,以至于和别的文明在其进化过程中所产生的同类整体比较起来,中国古代社会的考试制度、监察制度等等,都显示了独到的成绩,也都更接近现代的价值观念。但另一方面,无论如何,只要入世便必然沦落随俗——由于儒学家们因太看不下去生民涂炭而不辞人间烟尘,由于他们必须以承认君主专制的合法性为代价来赎取统治者对自家价值观的首肯和让步,所以他们几千年来就只能充当君主的讽喻劝诫者,而不能成为其叛逆批判者。由此,既然儒家未能克服所处社会结构的不平等,它也就无法仅靠逻辑的力量去清洗自身内部的诸如"爱有差等"之类的悖谬观念,以至于几千年后打开国门一看,竟是别的文明经过反复斗争而在更高物质基础上创造出来的先进政治制度和政治学说,反而更接近自家之"民胞物与"的最高理想。在这个意义上,又可以说具有多重释读可能的武侯祠,正是高度凝练地象征了儒学在历史上的矛盾窘境。

那么,"读"罢武侯祠,究竟能找到什么样的结论呢?我想,首先,毋庸讳言,尽管儒家过去的确扮演过专制政体的合作者甚至保障者(正是这一层使得它在后来倍受攻击),但它那种"民贵君轻"的价值取向怎么也不能被简单地归咎为一种唯欲御民的"统治术"(倒是被认为更符合形式理性之现代精神的法家更富于这种味道)。儒学在认同一个具体的政治结构的同时,仍然保有自家的普泛人本理想。从而,就像武侯祠所昭示的那样,它的学统与所谓"官本位"的政统仍有相当的差异和抗衡,与之保持着"一而二"的关系。但反过来,也毋庸讳言,由于大一统的王朝排除了知识阶层在经济和其他方面的独立可能,儒家在过去一般来说就未能发展出一种与现存政体相对分离的、专事维护和发展自身精神价值的独立学术机制。缘此,在儒家道统和官方政统之间就未能保持足够的紧张度,在儒者和士大夫的社会角色之间就未能划开明确的分水岭。从而,也正像武侯祠所昭示的那样,儒家的道德信条和社会的等级观念之间的相与相得远远超过了其摩擦与抗争,两者间"二而一"的关系又毕竟使之可以被同时收纳到这种"政教合一"的建筑设计之中。我想,与其夸大或掩饰儒学在历史中曾经和光同尘的一面,对之采取全盘否决或一味辩解的态度,何如思考一下其历史命运的深刻教训,并从中找出今后的运思方向来呢? 这一点,应该是任何一位认真"阅读"过武侯祠的学者,都应该牢牢记取的。

"难养论"释正

《东方》杂志本期要推出"妇女问题专号",朱正琳先生打电话过来,希望我的专栏文章也能小事配合。适巧,前几日我和朋友闲聊天时,刚刚为《论语》里的"难养论"作过一番辩解,头脑中对这个话题的印象尚很新鲜,只惜乎当时还语焉未详;所以我今天就索性再努力作篇小文,对这个问题略作发挥,看看能否帮助人们澄清长期以来在这方面对孔子的误解。

没准儿,大家看罢上面这段引子,会觉得我是自讨没趣,甚至是捅了一个大马蜂窝——眼下休要说满脑子"PC情结"的极端女权主义者了,就是那些明里暗里还保留着大男子主义姿态的人们,恐怕也会感到孔子的妇女观早已"过时"了,在理论上哪还有什么为之辩解的余地! 不过,既然我已经斗胆挑明了这个话题,就总还是希望读者们能把心气稍稍放平一些,至少先容我把话讲完,然后再来评判它是否允当。

我们且来重温一遍孔子的原典,以及前辈学者对于它的种种诠释。我想,凡是对中国传统文化略有了解的人,一定都还能记得,盖

"难养论"者,语出于《论语·阳货第十七》,其原文是这样的:"唯女子与小人为难养也,近之则不孙,远之则怨。"如果乍从字面上看,此语的意思似乎十分浅近,以至于大家简直用不着再费什么劲儿去琢磨它,只需弄明白自己究竟要去"左袒"还是"右袒"就行了。可实际上,真要细抠起来,大家却会发现,这句话的确切含义也并不很容易把握,所以那些急匆匆的表态也并不见得就很有根据。首先我们得问:孔子在这里讲的"小人"到底指什么?这一点在人们头脑中恐怕就并不是很清楚!因为,在以往的经典中,"小人"一词原有两种含义,其一是从伦理学的意义上指称道德低下者,如孔子所讲的"君子喻于义,小人喻于利"(《论语·里仁》),即此之谓也;其二是从社会学的角度指称地位卑贱者,如孟子所说的"有大人之事,有小人之事"(《孟子·滕文公上》),乃此之谓也。而且,尽管我们不能说这两种含义在先儒的心目中毫无关联,但此中毕竟还是有很大的区别,因为前者主要关涉于人格修持,而后者却更其牵连着社会科层。正由于这样,我们便看到,既然"女子"与"小人"在《论语》里的那句原话中本是并列的,所以围绕"小人"这个概念所发生的歧义,就势必要在后学那里衍生出对于所谓"女子"的不同理解。具体一点儿说,人们可能会觉得孔子是拿"女子"跟"君子"相对,因而确实是在泛论一切的女性统统人格发育不全,但人们也可能会觉得孔子只是拿"女子"跟"大人"相对,因而只是在特指某些社会地位低微的女性身属"难以畜养"之列。明乎此,我们也就不难料想:恰恰由于孔子的原话的确留出了多重解释的可能,所以后世的学者们越想让孔子的话能够"说得过去",就越会倾向于对孔子所讲的"女子"进行身份限定。比如朱熹在其《四书章句集注》中即注解道："此小人，亦谓仆隶下人也。君子之于臣妾，庄以莅之，慈以畜之，则无二者之患矣。"这正是从"小人"的身份定义出发而对"女子"作狭义的诠释。由此观之，钱穆在其《论语新解》中对孔子这段话的注疏，也未见得发挥了多少新意，而只是大体上沿袭了朱子的说法——"此章女子小人指家中仆妾言。妾视仆尤近，故女子在小人前。因其指仆妾，故称养。待之近，则狎而不逊。远，则怨恨必作。善御仆妾，亦齐家之一事也。"不待言，若从信奉"普遍人权"的现代观念来看，大家即便是依了朱熹、钱穆的解释，也仍会感到孔子的"难养论"大有可受指摘之处，因为这位哲学家竟然非批判地首肯了作为人类社会"不平等"之根源的劳动分工，而不是像马克思那样对之深恶痛绝。但话说回来，问题的关键却毕竟不在这里！说实在的，要是人们真的都只从孔子的话里读出了"无论男女仆役均不易管理"的含义，而不是读出了一种对于女性的普遍轻蔑，那么他的"难养论"就不会向男爷们儿提供总是朝妇女翻白眼的理论根据，从而也就不会招来女权主义者的特殊愤怒了。

所以，依我的愚见，我们绝无必要为了"替圣人讳"，就执意要对"难养论"里的"女子"作狭义的诠释，而应潜心到过去的特定语境中去，小心谨慎地体察孔子的原意。我觉得，设若真能做到这一点，则尽管我们不可能起孔子而问个究竟，但至少还不难借《论语》的上下文来判断，其实他老夫子当年的"所指"十有八九还是广义的，也就是说，他果然还是倾向于从道德水准上对女性进行全称否定。对此，我可以提出《论语·泰伯》中的另一段话为证："舜有臣五人而天下治。武王曰：'予有乱臣十人。'孔子曰：'才难，不其然乎！唐虞之际，于斯为盛。有妇人焉，九人而已……'"这如果不是对女性人格的普遍漠视，又会是甚么呢？正因乎此，我想我们大体上还是可以赞同杨伯峻在《论语译注》中对"难养论"的那段译文——"孔子道：'只有女子和小人是难得同他们共处的，亲近了，他会无礼；疏远了，他会怨恨。'"不过，我又得赶紧声明，我们对这种译法也只能表示"大体上赞同"，因为杨先生的解释亦不无有待商量的余地：一方面，他没有像钱先生那样就"女子"二字大作文章，只是径直将这两个汉字照抄了下来，反倒教人觉得更贴近了孔子的本意；另一方面，他却又对"难养"二字下力过多，竟将其解释成了"难得同他们共处"，则不免教人觉得似有太过"意译"之嫌。事实上，如果认真计较起来，若把繁体字中的那个其上为"羊"、其下为"食"的"养"字解释成"与之共处"，恐怕是讲不大通的；而且进一步说，它在孔子这段话里究竟当什么讲，又是一个相当关键的问题，因为倘若我们不能对它进行确当的把握，就绕不开钱穆所谓"因其指仆妾，故称养"的保护性假设，无法证明孔子当年的所指并非狭义。由此，我们就不得不再花点笔墨来廓清"养"字的含义了。照我的看法，在这个问题上，或许大家根本不必在字面上费太多的周折，因为《说文》早就将这个字的本义讲得很透辟了："养，供养也。"所以，真正需要我们花点儿功夫的地方，就不在于搬出类书来挑选这个字的种种衍生意义，而在于设身处地地潜心到原儒的语境中去体会一下，即便是平平实实地把"养"字解释成"供养"，它是否就一定得像钱穆理解的那样意味着"主子对仆妾的畜养"？——我个人对此的结论是"大可不必"！因为我们仍有儒家经典中的其他说法可资印证参照。在孔孟的著作中,"养"字固然可以自上而下地发出,如孔子说过"有君子之道四焉。其行己也恭,其事上也敬,其养民也惠,其使民也义"(《论语·公冶长》);但它也照样可以自下而上地发出,如孟子又说过"无君子莫治野人,无野人莫养君子"(《孟子·滕文公上》);更有甚者,它还可以不拘上下交互使用,如孔子又说过:"今之孝者,是谓能养。至于犬马,皆能有养,不敬,何以别乎?"(《论语·为政》)由此观之,大约在先儒的心目中,这个字的意义只不过是中性的,上对父母、君子,下对小人乃至犬马,均可以"养"之。这其实一点儿也不奇怪:既然这个社会有其确定的分工,其全体成员就势必是相互依赖的,所以他们在某种意义上确实是彼此"供养"着的。

话既已说到这里,我们就不妨再试着把"难养论"翻译一遍了。它的真实意思应该是——"孔子说:'只有女人和小人才是难以供养的,对之亲近,他们就会逾越礼法,而对之疏远,他们又会滋生怨恨。'"

然则,读到这里,读者们恐怕难免要对我大生疑窦:你既已承认那句"子曰"确实表达出了一种对女性的普遍蔑视,又怎么会想到要替孔子的说法进行辩解呢?——这确实是一个很棘手的问题,而且我今天主要的写作目的也正是想要厘清这个问题!

还得麻烦读者们再从头品味一遍孔子的原话。首先,我们得试问一句:他在此处把"女子"和"小人"并称,究竟有什么深意呢?我想大家不难体会到,这种并列关系至少说明了这样一点:真正受到孔子鄙视的人,其实远远不止女性,也还包括一部分缺乏教养的男性。其次，恰恰由于孔子在这里是认为女子以及具有人格缺陷的男子均不易养，所以我们就不难假此而推知，他实际奉行的并不是性别标准而是道德标准，所以他这话不啻在说："凡是缺乏教养的人，都难以供养。"再次，我们如果再把孔子后面的补充说明——"近之则不孙，远之则怨"也参照进来，看看那些"难养者"之所以令人"难养"的原因，则更其可以佐证：确实是由于他们缺乏足以自主的人格和足以自律的道德，常常弄得君子们简直无所措手足，无论采取亲疏远近的姿态都难以与之建立合理的交往关系，这才迫使孔子油然发出了那一番感慨。复次，有了上述的种种前提，再考虑到当时社会中妇女们受教育的实际可能性，我们也就有理由认为：与其把孔子的那番话说成是一种"价值判断"，倒毋宁将其说成是一种"现象描述"，也就是说，哪怕一位古代哲人再空怀"有教无类"的理想，当时的微弱社会生产力也决不可能为女性的人格发展支付必要的教育成本，所以若仅就孔老夫子触目可及的范围而言，大概他还真的未曾见过在道德修持方面足以与"君子"比肩的"女子"，故自然而然地要把她们跟"小人"归作一类。最后，由此大家就难免要联想到，尽管我们不必否认孔子那句话里确实含有鄙视女性的味道，而且他老先生这么笼而统之地一讲，简直就要把女性在人格发育上的潜能都给抹杀掉了，但话又说回来了，如果人们能对孔子的思想体系把握得更全面些，特别是回顾一下他所谓"自行束修以上，吾未尝无诲焉"（《论语·述而》）之类的自述，发现这位大教育家的深层理想乃在于使更多的人们得到人格成长的机会，则大家或许就未尝不能心平气和地谅解他老夫子，因为我们与其去苛责他当年讲这句话时的局限性,倒不如去设身处地地分析一下他那个时代的种种局限性——说句似乎"冒天下之大不韪"的话:其中自然也要包括当时的妇女们因受教育程度不够而确曾表现出过的人格局限性!

或许我们再借用一种并非"不类"的比较方法,还可以把这个问题论述得更明了、更具说服力一些。大家都知道,现代民主社会的雏形是首先出现于希腊城邦的而且整个西方哲学思想的精华也最先萌芽于希腊城邦的,故而古希腊文化对于后世的历史影响真可谓大矣,以至于我们简直就很难设想,假如没有它的思想营养,人类文明的进程究竟会是什么样子。然而,即便如此我们却又清楚地知道,由于受当时具体历史条件的限制,在群星灿烂的古希腊哲学家中,哪怕是其中之最倾向于民主派者,也没有把奴隶看作合格公民的——直逼得在极"左"思潮盛行的"文革"时期,有些学者不得不把身为奴隶的寓言作家伊索"提升"成哲学家,以便勉强勾勒出另一条纯属子虚的古代思想线索。这件事如今肯定早已沦为笑谈了,因为大家眼下已经具备了这样的共识:尽管古人的思想自会打上古代的局限,但如果今人在阅读他们的著作时竟只会注意这种局限,那就难免因一叶障目而买椟还珠!那么,既然我们现在已经学会了以这种历史的态度来实事求是地对待别人的先师,为什么就不能以同样的心情来对待自家的先哲呢?我以为,只要人们不是由于心存成见而故意断章取义,在阅读《论语》时本是不难发现孔子的泛爱大同之心往往是溢于言表的,无论是他就这个社会共同体内部所讲的"老者安之,朋友信之,少者怀之"(《论语·公冶长》),还是他就这个社会共同体外部所讲的"居处恭,执事敬,与人忠,虽之夷狄,不可弃也"(《论语·子路》),均莫不如是。所以我们由此就不难想象:假如孔子能活到女性已经有权平等受教育的今天,他很可能第一个就要修正自己的"难养论";而且从思想的渊源处说,真正足以促动他进行这种修正的,既不在于大男子主义者们对他的长期误读和曲解,也不在于女权主义者们对他的普遍愤慨和驳斥,而在于其内心中根深蒂固的普泛人本理想。认识到了这一点,在本文的结尾处,也许我们就不无理由奉劝一下男女读者们:千万不要再陈陈相因地胡摘乱引所谓的"难养论"了! 一方面,对于一位男性来说,如果他至今还只会教条主义地默诵孔子的片言只语,把孔子当时的某种"现象描述"误解为永世不移的"价值判断",那他就无非是孔子的不肖子孙;另一方面,对于一位女性来说,则与其总是对孔子当年对妇女的鄙视态度表示恨恨不平,还不如充分利用目前业已相对平等的受教育权利,以图空前地发展女性的人格——设非如此,她就不可能从根本上堵住那些大男子主义者的嘴,让他们连从心眼儿里也不敢偷偷地想:"无论如何,还是孔子当年说得对!"

真想读点马一浮

我是最信有"富润屋，德润身"这一说的。倒不是存心想要借《大学》里下面那句"心广体胖"来为自己老也减不了肥辩护，而是因为我确曾见过不少令人惊讶的对比。比如，有些出身寒微、而今已是齿德俱尊的老师宿儒，平常你和他处久了，倒也没觉得其貌惊人。直等到他家乡的昆仲进京来了，你才会眼前一亮，顿悟出若没有那一肚子诗书来"实于中而形于外"，这位老学长本来会多么憨态可掬！当然，坐在你面前的绝对还是亲兄弟，那五官、那轮廓，都显出先天禀赋的相同。可是，他们的面容又有绝大的差异，那神态，那气象，表现出后天习得的天渊之别……这时候，你就会油然感到还是荀子有道理了——正所谓"一父一母之子，生而同形，长而殊貌，教使之然也"！

再说一个叫我没齿难忘的例子。汪荣祖先生所著的《史家陈寅恪传》前边，附了几帧陈先生的遗照。其中第二幅为"陈寅恪夫妇与长女流求合影于战前清华园"，第三幅为"陈氏晚年摄于广州中山大学"，刚好可以摊开形成强烈的对比。早年的陈寅恪，虽已身为四大导师之一,但从面貌上看,仍不过一平平清俊书生而已。而晚年的陈寅恪,那一脸的矜重、孤愤、刚正、沈郁、执着……直叫你觉得那不仅是他一生阅历的缩影,而且简直就是中夏文明整个命运的写照!我曾多次动心要请哪位画家用炭笔把陈先生晚年的这幅神态临下来,好恭恭敬敬地端挂在书房正中,让他时常紧盯住我,却又怕没有哪支画笔能有此素养而不失大师的风采,只好作罢。由是我又时常抱憾地联想,可惜照相术未能早点儿发明,否则,让我们亲瞻一下孔夫子、陶渊明、苏东坡、王阳明等人的风神,我们保管会发觉——其实根本用不着雕塑家操心,也用不着开采什么大理石,因为人类最有魅力的雕像作品,正是由斯文所化育的厚德载物的人自身!

这不,前几天偶然在中国书店买到一本薄薄的《马一浮先生纪念册》,只打开看第一眼,就又使我折服了——瞧瞧那一脸的修行!当然,马一浮就是马一浮,不会是陈寅恪,虽然同样是学养天人,但他的神态更祥和、安适、冲淡、圆润、侃侃如也……不过,这一点也刚好恰合我的预期,因为"一浮"本就是"一佛"么!

这么说起来,好像我对马老先生甚是谙熟似的。但实际上,见笑得很,我知道"马一浮"这个名字只是很晚近的事。近几年来,我养成了这么一种习惯,每晚上床后总要随意翻阅一通笔记小品,因为这类文章既恬淡自然,又篇什短小,足以让你在放松后随时掩卷熄灯。这样,读来读去,终于读到了丰子恺顶顶可爱的《缘缘堂随笔集》,而正是在这本书里,我才头一次知道了世上曾有过"马先生"这样一位高人。

丰子恺的文章实在太好,所以写到这里我忍不住要抄上一段——"茶壶旁有一筒香烟,是请客的;马先生自己捧着水烟筒,和我们谈天,有时放下水烟筒,也拿只香烟来吸。有时香烟吸毕,又拿起旱烟筒来吸'元奇'。弥高弥坚,忽前忽后,而亦庄亦谐的谈论,就在水烟换香烟,香烟换旱烟之间源源地吐出来。我是每小时平均要吸三四支香烟的人。但在马先生面前吸得很少。并非客气,只因为我的心被引入高远之境,吸烟这种低级欲望自然不会起来了。有时正在负暄闲谈,另有客人来参加了。于是马先生另换一套新的话兴来继续闲谈,而话题也完全翻新。无论什么问题,关于世间或出世间的,马先生都有最高远最源本的见解。他引证古人的话,无论什么书,都背诵出原文来。记得青年时,弘一法师有天对我说:'马先生是生而知之的。假定有一个人,生出来就读书;而且每天读两本,而且读了就会背诵,读到马先生这个年纪,所读的还不及马先生之多。'……"

够神的罢?不过坦率地说,仅仅读到这里,还没有破坏我渐渐积起的睡意。号称博闻强记、过目成诵的人我也不是没有见过,但有些实不过是掉书袋的好手,听他旁征博引久了,反会觉得他小知间间地卖弄。然而,接着再往下读,读到了马一浮神聊的内容,我才猛然觉悟到,这位马先生不同于俗辈,他确确实实是有见识的(而且这些见识是在让人如坐春风之中时脱口道出的)!你听——"不忧不惧,便是乐。纵使造次颠沛,槁饿而死,仍不失其为乐也。颜子不改其乐,固是乐。乐必该礼。而其所以能如是者,则以其心三月不违仁。故仁是全德,礼乐是合德……"这下子我真躺不住了,翻身下床来跟我的老师通电话,向他打听这位马先生。因为巧得很,马先生信口道出的义理,正是我们日前正襟危坐地探讨的课题,尽管我们用了更系统更确定的现代方法。

自那以后,我才开始留心起这位马老先生来,渐渐地了解到有关他的一些事。比如,我无意间发现自己居然还会背马一浮的几句教诲,因为过去在浙大教书时习唱的极古奥的校歌就出自他之手笔。又比如,我得知他又是一位有名的书家,其墨宝在过去是可以送到银行里充当硬通货的(大约当时的商人也比现今的文人更少铜臭气)……不过,比较而言,这些当然都不是我最亟于知道的。关键还在于他的思想!——要是我们能弄清:一个在他那个时代最以天份和学养著称,并且确实在闲谈间便能显出高超识断的人,在他悉心著述时都说了些什么,则无论如何都会有极大启发的。对于我们这个民族来说,"江山代有才人出",这是一点儿也不成问题的事情,成问题的只在于这些最优秀的人才究竟能干什么?这正是我近来时常在反思的。

而说到这一层,我又不免抱憾地觉出:这本薄薄的《马一浮先生纪念册》编得太叫人不过瘾了,甚至太草率了。既然是在纪念一位学者,那么最恰当和最郑重的做法,当然是请学界同仁做一组文章,来对其学术成绩进行总结性的研究阐发。但这本纪念册,却多是刊载了一些名人(包括政治名人)与马老先生的酬唱应景之作,仿佛只能用他们的认可来证明被纪念者的价值,眼光显见是低了一层。尤其令我诧异的是,其中唯一真正涉及马一浮之思想观念的文字,偏巧正是我在《缘缘堂随笔集》里读到的那段话——这简直要动摇我心中借以树起的马先生的形象了。要知道,丰子恺的笔下(无论是文笔还是画笔)纵是再天籁可爱,可要是论起学问来,却断非其长。现在回想起来,一位居士在听一尊"佛"讲法,讲的却是中国的礼乐传统,其学杂如此,不亦大有可疑之处么?

因而,这本《马一浮先生纪念册》,只能算再次勾起我肚里的馋虫,而并未能解救我想要了解马先生学术思想的饥渴。这个问题无论如何要弄清! 所以我下定决心,一等我把手头要读的这批书读完,就赶紧钻图书馆去找马先生的遗著大读一通,即使为此又受我们"国家图书馆"(National Library)的一堆窝囊气(比如苦等四十分钟却等到一张"不出借"的条子),也甘忍了罢!

不过转念一想:何不先把自己的这点感受写出来呢? 万一哪家正在寻找选题的出版社看到了,遂有心出一套《马一浮文集》也未可知。果能有此善举,则不仅对马先生是一种最好的纪念,而且对我们这些求知若渴的后进也算一次超度了。

书　中

又一位朋友在为"下海"而迟疑了。

到南国走一遭,他发现,只要咬咬牙不再做读书人,那么,大把的美钞、高级的住宅、豪华的轿车、如云的佳丽,就全有了。

总而言之,过去所谓书中自有的"黄金屋、千钟粟、颜如玉",如今都挪到书外边去了。这个书读得多么昂贵!

于是,我也不再搬甚么"君子固穷"的老套了,反劝他义无反顾,别再记挂学术这档子事,以免在那边玩不痛快。

对于我的思想如此容易通,他反而有些不解了。但我心里明镜儿似的——碰上这事,留也留不住!

还是送个顺水人情吧。我突然记起周恩来的一句诗,叫做"大江歌罢掉头东"。他亦应声对道:"面壁十年图破壁。"都够活学活用的,大家相视苦笑。唉,走罢,聪明人!把书留给我们这些笨人读罢!

念书早就是笨人的职业了——冯友兰说过,他当初报考北大"中国哲学门"的时候,竟连考官都为他惋惜,因为他的成绩太好,原可以读个法科以登宦途的。

更何况现在。据说从王府井往东走,想挣四百多块的,可去北京饭店当服务员;想挣三百多块的,可去电信局当接线生;想挣两百多块的,可去收费厕所当看门人;只有想挣一百多块的,才去社科院当研究员!

你说,你干嘛还要苦留别人去找这份连看厕所都不如的工作?想害人家吗?

说实在的,我自己也不知道是被谁害得这样惨。反正从小,人人都拎着你的耳朵说,要好好读书! 于是,便傻里傻气地、呆头呆脑地,总希望比别人读得更多更好,终于落到了这般田地。

连在梦中,我都为自己叹气,以至于醒来后,还依稀记得一副对联:

上联是——"从前甚么都不愿做";

下联是——"而今甚么都不会做"。

横批是——"除了学问"!

扪心自问:要是再晚生二十年,我自己还会选择"做学问"这条路么?

而且,即使已经成了别无选择的"学术动物",我不也常生邪念么? 总想先去干点儿不会干的事,捞足了钱,再来干自己会干的事。只不过,后来发现,这一票并不如想象得那样好捞,所以要是老想把这张书桌安稳下来再读书,就老也读不好书。只好休了此念,立地成佛。

更有一点:也不知从何时起,养成了这样的怪毛病——只要离开书房一天以上，便觉得周身体液紊乱，连大便都不通畅。于是只好逃将回来，甘心情愿地、死心塌地地，做这种活生生的"出土文物"！

百无聊赖间，几个以沫相濡者，居然生出这样一种安慰：书中自有这、自有那的古训，仍然不错；只是，那不是说实际真有，而是说读书读到乐处，就跟有那些东西似的。

而更迂腐的我，连这话都不能满意。因为照我个人的体验，休要说"黄金屋"、"千钟粟"了，就连"颜如玉"，也不能和读书的快乐相比。那些东西不是不讨人喜欢，但不知怎的，事过之后很容易忘，竟不如读书时的浮想联翩能叫我长久地激动。

更何况，倘遇二三知音，雪夜围炉，把酒论学，得以把各自读书的心得交流一番，争它个面红耳赤，而不知东方之既白，又当乐何如之？

由是，我以为，世上原有许多种乐事，并不可以相互通约。嗜书如命者，固于声色之欢无缘，而执于浮世之欢者，又焉知书中的神智之悦？

大道朝天，各走半边罢了！

红袖添香夜读书

葛兆光君昨晚过舍间来，跟我好好地海阔天空了一番。不知不觉间，也许是谈正经学问谈腻了，或者是因为这所小院子太静了，话题便走了邪。他突发奇语——"（陈）平原君刚出了一本《千古文人侠客梦》，你得再来一本《千古文人红袖梦》！"

于是抵掌大笑。这原是一句打趣话——真要是冲这个话题去下把相关材料搜罗殆尽再爬梳成册的扎实功夫，本来一件开心事就会被弄得很苦涩了。不过，此语仍然很搔着了我的一点儿心痒之处。

寻常人们总爱把"雪夜闭门读禁书"当做人生的一大乐事。不过我觉得，此类偷吃禁果时的片刻兴奋，到头来总归要大打折扣的。正如知堂在《读禁书》一文中所云："好奇心到底都有的，说到禁书谁都想看一看……可以知道禁的效力一半还是等于劝……至于看了不免多少要失望，则除了好书善本的禁书大抵都不免，我也是预先承认的。"其实，仅仅靠"逆反心理"来支撑读书的乐趣，正好比滥用"儿童不宜"的招牌来引诱观众，未必很靠得住。一则，这会使人把更多的未禁好书弃而不读。二则,设若哪一天文网打破,百无禁忌,人们岂不要连一本书也不贪读了么?

"雪夜闭门读禁书"的快乐所以不耐久,盖因人们由之产生的兴趣委实来自"书外"。所以,真正"书中"的快乐,尚须更上一层境界,把读书与明理和做人联系起来。朱晦庵在《四时读书乐》中写道:"读书之乐何处寻,数点梅花天地心",便可作此种境界的写照。读者们或要窃笑我讲这话太方巾气了,但我仍要坚持为道学先生的这一层境界辩护。不论有没有"为天地立心,为生民立命"的追求真理的气魄和能力,读书毕竟会使你大大超越所处时空的局限,澡雪俗世的尘埃。在黑云压城的时候,一个人果欲躲进小楼成一统,维护自己的信念于不坠,那么这间斗室里就必须藏一些书。且不说那么多洞明历史规律、发现"凡不合理者终将不现实"的大道理罢,最起码,它可以使你不至于孤寂成疾致死——正如吕坤《呻吟语》所言:"读古人书,如能随处印证,正如聚古今许多良师益友,日夕切劘……"缘此,相对于"谈笑有鸿儒,往来无白丁"的这一间小屋子,大千世界有时反变成无人的沙漠了。

只是,"数点梅花天地心"的境界虽好,却仍嫌色调略冷些。当你碰上一下子解不开的死结,而又一时想不动时,便会发觉,读书生涯中除了理性的信念之外,还需要一种感性氛围来支持。就连朱熹本人,有时也会油然生出这类烦闷——"川原红绿一时新,暮雨朝晴更可人。书册埋头何时了?不如抛却去游春。"由此我想,大约中国文化(儒生)比印度文化(和尚)高妙的地方,就在于它并不压抑生命的本能,而能将此化入追寻人生真谛的理性行为之中罢?

这正是我要说的"红袖添香夜读书"。我不明白鲁老夫子干嘛在提到刘半农时悄悄地使这句话暗含了一层揶揄？

或许是因为"文人无行"？《曲洧旧闻》载："宋子京（宋祁）修《唐书》，尝一日大雪，添帘幕，燃椽烛，左右炽炭两巨炉。诸姬环侍，方磨墨濡毫，以澄心堂纸草一传未成，故顾诸姬曰：'汝辈俱尝在人家，颇见主人如此否？'皆曰无有。其间一人来自宗子家，子京曰：'汝太尉遇此天气，亦复如何？'对曰：'只是拥炉命歌舞，间以杂剧，引满大醉而已。如何比得内翰？'……"如果这便是"红袖添香夜读书"的典型场面，那么它看来已不大符合现行的婚姻制度了，难怪树人先生要对此非议。不过，倘若我们想一想赵明诚和李清照，便会省得——"红袖添香"不必非和"诸姬环侍"联系起来不可。此中最要紧的，还在于因结伴读书而情投意合，而又因两心相悦而更结伴读书。由此，境界又升华了一层，色调也暖多了。你想，漫漫长夜，"秉烛夜游"的雅兴毕竟只是偶尔的豪举，而真正能充实时光的，当然只有缃帙简册了。设若在此时，有瑞脑的香烟从金兽中袅袅逸出，缭绕于如磐的夜气之中，那么，你根本用不到时时想到此刻正有人以同情、欣赏、爱慕的眼神注目于你，也绝不会再生半分"苦读"之念。而外表如时钟一般刻板的读书生涯，也由此不再显得单调凄清了。其实，大可不必苛求每一位太太都才比林徽因，也没有必要把每个家庭都糟蹋成"教研室"。共同的语言只需两个字——"爱书"，你就会读得神闲气定多了，读书生涯也就变得温馨多了。

哎呀呀——写到这里才想起，别人怕要疑心我是在学王静安描绘古今读书的"三境界"了！不过，到底还是不一样：观堂的至境，需要"众里寻他千百度",煞是难得;而我所讲的,却本是女性最起码的智慧和品格,原应并不难寻的。只可惜,就像时下竟时髦起让女性也表演一身筋肉一样(否则她们倒会"健美"得多),如今就算还有姑娘爱读书,也多半会顶不可爱地"欲与老公试比高",绝不会添香,而只会添乱。所以说来道去,只有平原君讲的"侠客梦"才是"千古文人"之梦,而我讲的"红袖梦",只不过是现代文人独有的梦境罢了。

爱情的圣经

——重读柏拉图的《会饮篇》

一

正像《大希庇阿斯篇》曾启示过我们"什么不是美"一样,《斐德洛篇》也试图告诫我们——什么不是爱情。

苏格拉底假意说,我们"应该对于爱情的本质和效能先找到一个你我公认的定义,然后再展开对爱情的讨论"。而耐人寻味的是,他居然故意给爱情下了一个只有卑俗者才能首肯的定义,来扫清对爱情的误解——"有一种欲念,失掉了理性,压倒了求至善的希冀,浸淫于美所产生的快感,尤其是受到同类欲念的火上加油,浸淫于肉体美所生的快感,那就叫做'爱情'。"(朱光潜译:《柏拉图文艺对话集》,第107页,下文中凡未注明出处的引文皆同。)

如果这种一味贪肉体之欢便是爱情的全部真谛,那么世上就不会有比爱情更荒唐和暴虐的了。于是,苏格拉底也就很容易出语惊人地道出它的实质——"他有一种瘾,要拿你来过瘾。情人爱爱人,有如狼爱羊。"(第111—112页)

这样地把对方物化成"肉蒲团",当然只能是爱的反面——侮辱与损害。对泄欲对象之内在灵性的蹂躏和漠视,使人强烈地想起美国当代女诗人西尔维亚·普拉斯的愤怒抗议声:"你的身体伤害着我,就像世界伤害着上帝。"(《高烧103度》)

而被贬损和还原得更惨的,还要数征服别人肉体的人。这个皮囊,本身就容不下什么灵魂,所以才不去巴望别人能有比肉体更多的可与自己交合的东西。《悲悼三部曲》中的孟南,正是为了不愿被降低为纯受物性驱遣的奴隶,才向只是为了婚姻关系而与他苟合的克利斯丁大声怒吼:"你的肉体么?肉体对我算得什么?腐烂在阳光下,把野草喂得更肥的肉体,我看得太多了!……你以为我是和一具肉体结婚的么?你今天晚上,和往常一样,向我撒谎!你只假装着爱我!你让我占有你的身体,就好像你是我在拍卖场上买来的一个黑奴似的。你使我在我自己的心目中,变成了一个淫邪的野兽!"(《奥尼尔剧作选》,第216—217页)

渔色寻欢者既然已把自己下放到了动物界,他就不可能逃避动物心理学中的所谓"柯立芝效应"(Coolidge Effect),也就是说,他不可能借一个固定的对象来长久地满足欲望。柏拉图敏锐地注意到了每一次纵欲求欢的必然结局——"情人在有爱情的时候就已经是够麻烦讨厌的,到了爱情消失的时候,他就成为失信背义的仇人了。从前他发过许多誓,说过许多好话,允许过许多好东西,借这些花言巧语勉强达到目的……可是到了还债的日子,那老家伙变成另样一个人了,爱情和痴狂都已过去……从前他追,现在他逃了。"(110—111页)

逃?——逃得脱玩腻了的外在对象,却逃不脱中烧的欲火!到头来,只能是西门庆水平上的"性解放",即一轮又一轮地更换泄欲对象以保持满足的强度。只可惜,这种到处拈花惹草的"性解放"和它所冲决的"性压抑"处在同样的低水平,因为它们都没有从两性间看出任何超出互相利用器官的可能性。所以,任凭走马灯般地猎取新欢,可等像西门庆那样把自己的全部生命力排泄一空时,人生仍然没有什么值得回味之处。正像波德莱尔说的,"荒淫和死亡是一对好姐妹",这些人不能算真正活过,因为人生对他们来说只意味着某种机械动作的一再重复,他们一生下来就老得足以死了。

二

在《会饮篇》里,深通爱情真谛的女祭司第俄提玛,向苏格拉底描画了这样一位爱神——他是贫乏神和富足神的儿子,因此,他在贫乏中向往丰富,努力追求着一切美与善,勇往直前,百折不回。"在本质上,他既不是一个凡人,也不是一个神。"(第261页)

柏拉图的意思是说,正是爱情才使恋爱者处于人和神之间。在生灭流转的人生中,人之所以会萌生爱心,是因为这些可朽者在尽力地追求不朽,是因为这些脱于凡胎的生命在以神格来自己立法,以期从短暂超升入永恒。

这条升天的路就是柏拉图著名的"美的阶梯",诚如 Elias 所说,在这个阶梯上,"并非每一领域都在高尚的意义上成为美的。我们从我们的所需起始,带着乞求占有作为物的对象之情欲。我们为传宗接代的情欲所驱动,那情欲一开始乃是性欲;渴望性交,起初仅仅是为了缓解欲望,但此后便是获至不朽的方式。它自然可能停滞于这种低级的水平,取一种弗洛伊德式的特征;不过,一种升华物却摆在前头。正如我们被告知的那样,还有其他的途径去获得不朽(通过著书立说和远扬名声),故此存在着超越性欲的各个层次的对美的渴望"(Julius A. Elias,Plato's Deffence of Poetry,PP204—205)。柏拉图教诲人们,须从纯粹的男贪女欢中自拔出来,攀越美的阶梯(形体美、道德美、知识美、绝对美),抵达爱的极境,而洞彻美的本体——"一个人如果随着向导,学习爱情的深密教义,顺着正确次序,逐一观照个别美的事物,直到对爱情学问登峰造极了,他就会突然看见一种奇妙无比的美。他以往的一切辛苦探求都是为着这个终极目的。"(第272页)

或许,这个"终极目的",会使人觉得柏拉图纯粹是凭借于爱情而向上高攀,净关心些共相美精神美之类的神秘问题;由此,人们可能会误以为"柏拉图式的恋爱"并不是人间真正具有的爱情。

但是,看起来虚渺的上界,恰恰是和现实的人间紧密相贴的。借助于天上的坐标,柏拉图已经可以区分开一真一假两种爱情,从而使人类的两性关系通过自我超越而大有进境。他说,不懂得爱情的人,"不易从观照人世间叫做美的东西,而高升到上界,到美本身。他也不能抱着敬心朝这方向去望,却把自己抛到淫欲里,像畜生一样纵情任欲,违背天理,既没有忌惮,也不顾羞耻"。而懂得爱情的人却不然,"他所常观照的是过去在诸天境界所见到的真实体,如果他见到一个面孔有神照明,或是美本身的一个成功的仿影,他就先打一个寒颤,仿佛从前在上界挣扎时的惶惑再来侵袭他;他凝视这美形,于是心里起一种虔敬,敬它如敬神;如果他不怕人说他迷狂到

了极顶,他就会向爱人馨香祷祝,如向神灵一样"(第127页)。我们
知道,雪莱就是这样的一个人——

> 我奉献的不能叫爱情,
>
> 它只能算得是崇拜;
>
> 连上天对它都肯垂青,
>
> 想你该不致见外?

(雪莱:《给》)

　　进一步说,那种被柏拉图描绘为"凭临美的汪洋大海,凝神观
照,心里起无限欣喜"的通神心境,实际上也正是每个人在恋爱时都
有可能得到的"高峰体验"。数不尽的诗人,乘着爱的羽翼,在女祭
司第俄提玛的接引下,感受过这种无上的境界——

　　……这位天人甜蜜地

> 象儿戏一样将我抱住,
>
> 在她的魔术法力之下,
>
> 我的束缚欣然解除;
>
> 那时,贫弱的野心消失,
>
> 争斗的余迹也荡然无存,
>
> 我这个尘世间的凡人
>
> 进入完满的天神之境。

(荷尔德林:《第俄提玛》)

或许,这种强烈而迷狂的高峰体验,在人之艰难、琐细、乏味的一生中,难得尝到几次,正如千辛万险地爬上一座名山也只有几眼好看一样。但是,"金风玉露一相逢,便胜却人间无数"——即使一辈子在和异性的交往中只体验过一次这类的形而上心境,人们也足以感到值得一爱,乃至值得一活了,这又正如险峰上的一处胜景,便足以使气喘吁吁大汗淋漓的爬上爬下大改味道一样。正因此,柏拉图将这种从两性之间升华出的心醉神迷的爱之极境,看作"一个人最值得过的生活境界"(第273页),以为这才是爱情的意义所在。

三

再美好的爱情,当然也不可能真的使人变成与日月同寿的神明。但是,化入爱情极境的柏拉图式的高峰体验,又的确可以为人的生存状态带来一层超凡脱俗的神性,从而使生活饱含韵味,不再是不堪忍受的。因此,正是作为爱情之最佳状态的瞬间迷狂,有如暗夜海天的电光时火,烛照着整个人生——

> 我记得那美妙的一瞬:
> 在我的面前出现了你,
> 有如昙花一现的幻影,
> 有如纯洁之美的精灵。

(普希金:《致凯恩》)

就这样,爱情之"美妙的一瞬",蹦出了时间中的生生灭灭,在人的一生中空间化地定格,获得了一种非有限性。就这样,人之变动不居的意识流中,凸现出一种永久性的体验,它点石成金地将生活诗化和幻化为永远值得动情追忆的、永远值得再重新开始一次的东西。

在这个意义上,柏拉图的《斐德若篇》和《会饮篇》,将永远是人们"爱情的圣经"。人们当然可能谈情说爱一辈子,也不知道柏拉图为何人,但是,如果有人竟然从来不曾有过丝毫柏拉图恋爱式的体验,那他就根本不知爱情为何物了。

这是因为,人世间任何一次甘美的两心相悦,都简直是对柏拉图之爱的理念的一次"分有"。所有懂得爱情的人,"他们都跟着自己的神的脚步走,找爱人都要他符合那神的性格"(第130页)。所以,如果一个人不能在对方身上或多或少地感受到某种非凡而令人着魔的东西,他的生活就只能像普希金诗中所说的那样——"没有神性,没有灵感,没有眼泪,没有生命,也没有爱情。"

当然,尘寰之中,永远不可能有绝美的天神,而只能有上界的"摹本",即使"凡是凡人所能分取于神的他们都得到了"(第130页),你也不可能总是从他们那里享受到神智上的完全满足。因此,经常会有这样的人,当他们从异性那里体验过悦智悦神的强烈交合之后,为了自己美梦的完整,竟没有勇气再去见她(他),而宁愿在想象中一再地将对方织补和美化。对于他们来说,仿佛连"第二次握手"都已经嫌太多了。

正因为这样,人们就更不能不为叶芝写给莫德·冈的那首深挚的诗所感动:

当你老了，头白了，睡思昏沉，

炉火旁打盹，请取下这部诗歌，

慢慢读，回想你过去眼神的柔和，

回想它们昔日浓重的阴影；

多少人爱你青春欢畅的时辰，

爱你的美貌，假意或真心，

只有一个人爱你那朝圣者的灵魂，

爱你衰老了的脸上的痛苦的皱纹……

（W. B. 叶芝:《当你老了》）

　　这首诗在一往情深地向世人诉说着，真正高尚纯洁的爱情，在催人衰老的残酷流年里，并不是那样脆弱的。只要能永远相互眷恋地共同进行着自我实现和自我完善，如柏拉图所说——"一方面自己摹仿那神，一方面督导爱人，使他在行为风采上都和那神相似"（第130页），那么，两个灵魂就完全可能在不断高扬的过程中，像罗丹塑成的那尊"永恒的偶像"一样，以永恒的长吻抵抗时间的流变。

　　而这种圣洁的感情，直可保留到生命的最后一刹那。小时候，曾读过梅里美的一个感人的中篇。它那最后的情景，在二十年后的今天，仍然历历在目:就在人们不无虚伪地叹息那位美丽纯情、因轻薄郎负心而跳楼的姑娘一辈子什么也没有得到的时候，她却从眼中闪射出灵光，用最后一口气吐出了自己执着的回答——

"我爱过!"

在这既亢奋又坦然的高度完美的死面前,时间老人倒下了,永远停止了他的脚步……

此时此刻,在那群包围着她的、连自己都在欺骗的人当中,竟只有这个受尽欺凌的弱女子才是幸福的,她还把这种幸福带进了永恒。因此,真正可怜的就绝不是她,而是那些算计钻营了一生,却什么也没有得到的声色之徒了。

忘不了的普希金

再没有什么，比你突然醒悟到——你竟不自觉地受了幼时读的一本书如此深远的影响而叫人惊异的了！

尽管我一向认为（可能是据我个人的经验），在新诗这个领域，翻译家的影响远远超过创作家，但只是在刚刚的一个 party 上，当我面对一位普希金的译者而朗诵其译作时，才恍然悟到：我这一生差不多全都被普希金的诗"定型"了！

对我这个镇日憋在书斋、几次发狠要把哲学所资料室里有关抽象理论的书顺着字母次序从 A 读到 Z 的人来说，发现有几首诗对我的影响简直比那一个个为之绞尽脑汁的哲学体系更大，真是至为震动！

而且这几首诗还只能是普希金的短诗。我会把《伊利亚特》当做神话来读，把《神的喜剧》当做宗教来读，把《浮士德》当做哲学来读，把《唐璜》当做必备的文化修养来读，把《恶之花》当做写作的研究对象来读——但只有普希金的诗，我才把它当做诗本身来读。可以说，我关于诗的概念和理解，很大程度上正是从他那里领教来的。

要是搬学问的话,那我可以借比较文学理论或者接受美学理论来对此洋洋洒洒地给出解释——因为我是一个中国人,因为我背后有一个强大的中国诗歌的抒情传统……可是,还是别来败兴,还是让我直接抒写性灵本身吧。

记得小时候,正闹"文革",我不知从哪里换到一本《普希金抒情诗集》,并限期换回。读起来当然快,一个通宵就看了两遍。可是,一想到过几天就要把它璧还,那滋味才叫"爱不忍释"(如今手抚孤本也不会有此感觉了)。我于是赶紧找来笔记本,挑我最喜欢的诗尽可能多地抄下来。当然,我那时万万想不到:我此后一生的"理智",竟都成了那几日"激情的奴隶"!

这笔记本我至今还保存着。我很想核实一下,我当时抄的是否查良铮的译本。只可惜,在外文所资料室的书架上翻拣了一通,竟没有找到查译本。我手头现有的两个本子,一个是戈宝权译的《普希金诗集》,一个是刘湛秋译的《普希金抒情诗选》,都是承译者见赠的。但很对不住,这两本书我都未开读过,因为我知道眼下即使读得再细,也找不回当初的感觉了。

我宁肯还是珍留过去的体验,它们都已深藏在梦境底处,并先入为主地构成了我对人生各方面之"形而上质素"(茵伽登)的理解。

比如爱情。我在这方面一直是一个"白日梦者"。当我在《爱情的圣经》中释读柏拉图的《会饮篇》时,曾借用哲学话语写道——"就这样,爱情之'美妙的一瞬',蹦出了时间中的生生灭灭,在人的一生中空间化地定格,获得了一种非有限性。就这样,人之变动不居的意识流中,凸现出一种永久性的体验,它点石成金地将生活诗化和幻化为永远值得动情追忆的、永远值得再重新开始一次的东西。"显然,我当时吟诵的,正是普希金的《致凯恩》。

比如学业。我在这方面一直是个"工作狂"。其所以如此,又正如我在《西方的丑学》序言中所坦露的——"小时候,我不知多少次为普希金的《纪念碑》流下热泪……现在,抄着这首诗的前几行,我的眼睛又湿润了,因为我预感到,一座雄伟的纪念碑正拔地而起。它不是哪一个人的,而是我们整整一代人的,因此,它将比任何一个纪念碑都更大,因为它的基础有九百六十万平方公里!"

再比如死亡。一年多了,我一直在跟女儿夏夏反复商量——暑假里一定要到北戴河去,找一片最波涛汹涌的海滩,等爸爸死后,请她亲手把爸爸的骨灰撒到那里,让爸爸跟海浪一起卷向无边的蓝色……我一直没有想过,为什么会一再地做这同一场梦?而直到前几天动情地朗诵时,我才猛然觉察到:还是因为那个——

忘不了的普希金!

于是我决定,从现在起就为自己的葬礼做好全部准备:那是一盘我自己的录音带,当爸爸扑向大海的时候,夏夏会让我这个老冉阿让再最后一次朗诵《致大海》——

> 再见吧,自由的原素!
>
> 最后一次了,在我眼前
>
> 你的蓝色的波涛翻滚起伏,
>
> 你的骄傲的美闪烁壮观。

仿佛友人的忧郁的絮语，

仿佛他别离一刻的招呼，

最后一次了，我听你的

喧声呼唤，你的沉郁的吐诉……

无论多少次被好心或恶意地批评为"不现实"，但我始终执迷地认为——只有诗是不会犯错误的，任何犯下错误的历史、现实、生活，都终应向诗靠拢。此信此念，虽九死而不悔。所以，我才索性借着普希金的诗而一再地"先行到死"。因为死并不可怕，可怕的是失去生机和活力，而只要能化入一片"自由的原素"之中，那么，即使面对大去去期，我也绝不说出那句让靡匪斯特心满意足的话——"请停留一下！"

路遇艾青

真没想到，我会在这里碰上他——我少年时代的偶像！

对于过去的我来说，不——对于在那样的年代还敢偷偷爱上文学的无数稚子来说，他的名字本身，就是一首永远念不完的诗啊。那一本于抄家后幸存下来的《艾青诗选》，曾伴我度过了无数没有星光也没有炉火的冬夜。我实在记不清，到底有多少次，我是流着眼泪，默念着这样的诗句入睡的——

雪落在中国的土地上，
寒冷在封锁着中国呀……

中国，
我的在没有灯光的晚上
所写的无力的诗句
会给你些许的温暖么？

如果我当时能够见到这位大诗人,那我一定会毫不犹豫地回答他——能!正是你的诗,给了正在落着雪的中国以温暖!给了她刚刚露出地面就遭到冰雪欺凌的幼苗以温暖!那时候,尽管每天都得向奉命崇拜的人山呼万岁,但实际上,我心里偷偷崇拜着的人却是另外两个:一个是作为小说家的鲁迅,另一个就是诗人艾青。如果说鲁迅的小说是以其独特的犀利和深刻,使我感到透骨的悲凉的话,那么,正是艾青沉郁而浓烈的诗句,敲打着我的心门,又使我于绝望中生出一种朦胧的希冀来。他的"大堰河",不仅以其奶水哺育了自己的乳儿,而且还通过其乳儿的诗句哺育了我,教我懂得了什么是没有被扭曲的人的感情,教我尝试着去发掘和抒写这种真实的感情(而不是去模仿那些矫饰的颂歌),甚至教我去渴望社会哪一天能不再压抑这种感情。所以我想,我也许有资格和许许多多同龄人一样,跟着艾青一起去深情地呼唤——

　　而我,是吃了你的奶而被养育了的,
　　大堰河啊,我的保姆。

不过,我当时还绝不敢做这样的梦——梦见自己能有幸亲眼见到这位大诗人。他的诗总是离我很近,紧贴在我的胸口;而他却离我那样遥远,仿佛相隔了亿万光年。有关他的传闻很多,但总是相互矛盾的:有人说他已经死了,被整死了,或者自杀了;也有人说他还活着,被放逐到了北大荒,或者新疆……那时候,如果有谁能肯定地告诉我,他还活着,千真万确地在天涯海角的某一个方位活着,那么我起誓：即使让我沿途乞讨，我也要徒步走向那里，去朝拜这位心中的缪斯！

可现在，二十多年以后的现在，他却突然出现在我眼前了。万没想到，正当我背着一大包新买的书，想赶回家再体验一番发现的愉悦时，竟冷然在街上跟他打了个照面！走得越近，我越无法不相信自己的眼睛——那高高隆起的额角，以及随着额角微微上提的半边眉眼，都不容置疑地告诉我：这正是那位我曾经热烈崇拜过，却迄未亲眼见过的大诗人。只可惜，和我珍藏在记忆中的那个偶像很不一样：眼下他的目光是如此迟滞，似乎什么都看不见，甚至什么都不想看；他的神情是如此呆板，仿佛已经不会变化，也根本就不愿变化了。他只是木然地坐在轮椅上，在熙熙攘攘的人流中，听凭家人推着，不知推向何方……

我不觉感到一股无名的酸楚，竟不知怎样发泄突然郁结于心中的情愫。我很想向那些提着大包小包的人群狂暴地高叫——别只顾忙着去干你们那些卑俗的营生，你们难道没有看见吗，和你们交臂而过的，是一位伟大的天才！我又很想快步地走向艾青近前，抬起他那无力低垂的手，轻柔地询问——是你教会了我如何去体验人生的痛苦，可你自己现在还会痛苦么？但终于，我什么也没有说，只是悄悄地转过身来，背着那一大包书，默默地送他一程。

此时此刻，凝望着已如泥塑一般的往日的偶像，我不觉忘却了周围的一切，仿佛自己不是在拥挤的闹市中穿行，而是在杳无人迹的海滩上漫步。那些过目难忘的诗行，有如一道一道向滩头冲来的波浪线，挟着轰鸣作响的涛声，从我的记忆深处涌了出来——

一个浪，一个浪

无休止地扑过来

每一个浪都在它脚下

被打成碎沫、散开……

它的脸上和身上

象刀砍过的一样

但它依然站在那里

含着微笑，看着海洋……

不知为什么，眼下我想起的艾青的诗，总和他的自塑像有关。然而，唯只有他于一九五四年写下的这首《礁石》，才最符合我想象中的大诗人的形象。尽管过于圆熟的写作技巧，已经使这首诗敛去了他早期作品中浑朴浓郁的油画色调，尽管对于作家个性的不间断的压抑和改造，已经使这首诗不再具有"若火轮飞旋于沙丘之上，太阳向我滚来"的慷慨气势，但这块礁石的脸上，却仍然保留着痛苦的忧思和傲岸的轻蔑。艾青曾在其《诗论》里写道："叫一个生活在这年代的忠实的灵魂不忧郁，这有如叫一个辗转在泥色的梦里的农夫不忧郁，是一样的属于天真的一种奢望。"正因为这样，他才会用这首诗来表达他对于艺术的某种理解——"苦难比幸福更美"！当然，我知道，正是这首潜藏着忧郁的《礁石》，曾经给艾青招致过巨大的麻烦，提醒了别人去加紧敲打他的桀骜不驯。但我却以为，既然是

诗人,既然生就是最先被太阳"滚在天边的声音"惊醒的"吹号者",
艾青就注定只有像他在诗中描写的那样——

> 他倒在直到最后一刻
> 都深深地爱着的土地上,
> 然而,他的手
> 却依然紧紧地握着那号角……

想到这里,我不由加紧脚步赶了上去,再一次深情地注视着他
的眼睛,想从那里读出他最为人们称道的名句来——"为什么我的
眼睛里常含着泪水?因为我对这土地爱得深沉……"可是,我却又
一次失望了。他的眼神仍然是那样呆滞,既没有泪水,也没有忧思,
只是漠然地向着空虚的前方睁着。人们常说,眼睛是心灵的窗口。
但偏偏只有他这对窗口,却是看不出灵魂的!

走啊走,静静地,跟着轮椅……突然,于无声处,一排诗句再次
震响了我的耳鼓。那是他的另一首自塑像,题为《鱼化石》——

> 过了多少亿年,
> 地质勘探队员,
> 在岩层里发现你,
> 仍然栩栩如生。

> 但你是沉默的,

连叹息也没有，

鳞和鳍都完整，

却不能动弹；

你绝对的静止，

对外界毫无反应，

听不见天和水，

听不见浪花的声音……

这首最初发表在上海《文汇报》上的小诗，是我在"文革"后第一次读到的艾青的新作。我当时是多么欣喜若狂啊——艾青没有死，艾青回来了！也许，我当时竟是太激动了，对艾青太崇拜了，以至于根本没有能静下心来检讨一下这首诗在艺术上的得失，更不可能从字里行间发现它深层的象征意义。对我来说，"艾青"这两个字，简直包含着诗歌创造所需要的一切。所以我只能把这块"对外界毫无反应"的鱼化石，看成是他对自己过去二十年沉默状态的感叹和自嘲，而不会把它想象为诗人劫后余生的某种不祥预兆。我觉得，重要的并不是艾青唱了什么，而是他已经在恢复试唱，因为我有充分的理由预期——他很快就会亮开自己的歌喉，把全部的喜怒哀乐，把一切激荡于其肺腑中的诗情，都化作催人泪下的诗行。照我看来，艾青之所以是我崇拜的艾青，那首先在于他是经过画室训练的蒋海澄：他对于生活的场景有着独特的感受能力和写生技巧，他擅长用画家的眼睛和手法去捕捉和构筑深刻隽永的画面，并且在这种画面中自然而然地流露出极度饱满的激情来。正因此,他那"象野火一样"的油灯所映出的"十几个生活在草原上的泥色的脸"(《透明的夜》),才会像梵高的《吃马铃薯的人》一样,粗犷得连我们自己都感到刺痛;他那"用固执的眼凝视着你"的乞丐的"永不缩回的手"(《乞丐》),才会像勃吕盖尔《盲丐》的手一样,空举得连我们自己都支持不住;他那"同着四十几年的人世生活的凌侮"一起默默死去的大堰河,才会像米勒的《拾穗者》一样,甚至叫我们感到自己腰背上的酸痛……艾青这种几乎无人可以企及的感性的深度和力度,正是他卓越诗歌天才的最大体现。我绝对想不到,也绝对不愿意看到,任何含辛茹苦的岁月,任何"触及灵魂"的批判,会从根本上糟蹋了这种罕见的天才!

可越到后来,我就越是发现,复出的艾青是在向人们的诗歌鉴赏力挑战了。我默默难言地、百感交集地阅读着艾青泉涌般的新作,虽不愿人云亦云地跟着那些吹捧文章去叫好喝彩,却又只敢一再痛苦地怀疑自己、反省自己。使我最感到困惑和难堪的,倒不是我竟然变得不能像有些人那样去赞叹艾青新作的魅力了,而是他的创造倾向竟然越来越违反他本人的艺术主张了。他明明对我们说过——"写作必须在不写就要引起无限悔恨和懊丧的时候来开始,不然的话,你所写的东西是要引起无限的悔恨和懊丧的"。可是,他却越来越热衷于浮面的欢娱,去写一些基本上是应景的(浮光掠影的或逢场作戏的)诗。他明明对我们说过——"请给诗以慈悲叭——不要逼迫它和论文、纪事文和报导文赛嘴"。可是,他却越来越"情不够、理来凑",从抽象的主题出发,变情感的热烈升华为玄理的冷漠推绎。他明明对我们说过——"有人写了很美的散文,却不知道那就是诗；也有人写了很丑的诗，却不知道那是最坏的散文"。可是，他的新作却越来越丧失了作为其基本特色的"散文美"，追求一叠"豆腐干子"般的"建筑美"，仿佛想借此形式来弥补它们淡薄的诗味，向我们雄辩一句——这是诗！他明明对我们说过——"一首诗里面，没有新鲜，没有色调，没有光彩，没有形象——艺术的生命在哪里呢？"可是，他却在其《鸭子的故事》里，玩弄乘法的游戏，以一连串的数字演算来取代意向组合，并以枯燥的标语口号"鞍钢宪法万岁"来结句……我想，不单是我，恐怕很多他过去的崇拜者都会暗生疑窦——到底怎么了？是我们不懂诗了，还是艾青不懂诗了？

终于有一天，艾青——我心中的这座"比萨斜塔"轰然倾倒了。那是在我读到了他那首《交河故城遗址》之后——

> 不，豪华的宫阙
> 已化为一片废墟
> 千年的悲欢离合
> 找不到一丝痕迹
> 活着的人好好地活着叭
> 别指望大地会留下记忆

不——我从心里大声喊着：这不是我过去心目中的艾青！以前，他是绝不愿这样苟活的。他并不是不知道诗人的命运——"好像你们所负的债很重，你们老是惶惶终日，你们不安于享受一粟半缕的人群的恩赐，你们羞愧于在劳动者以血汗铺成的道上散步，因此你们的存在，比影子更萎缩，比落叶更不敢惊动人；而你们的话语终于如此凄惶，使一切天良未泯者为之堕泪……"然而，他却号召诗人们把承受人生之苦痛看作自己的天职——"因世界充满欺诈、倾轧、迫害，而对世界留恋；因生之历程是无限的颠簸与坎坷而爱生命"。可现在，他却竟"死前便知万事空"了，他老得足以看破红尘，因而开始只要求生活对自己的回报了。

打那以后，尽管仍是"不思量，自难忘"，我却再也不愿跟人提起艾青了。当听说他这位凡尔哈仑和马雅可夫斯基的追随者居然公开反对青年诗人们的现代诗风时，我也只是不以为怪地略示苦笑而已。既然他从人格上便已不再是一位伟大的诗人，而只是一个俗常的凡人，那么我们且宽容他去"好好地活着吧"，又何必还要指望他能够说出惊世骇俗的独立见解呢？我也知道，我眼下跟他住得很近，甚至凑巧还能从"房东太太"那里偶尔听说一点儿他的家事，但我也没有生出去拜访他的念头。我只觉得，当他被放逐于千里之外时，他倒是离我很近；而在他与我近在咫尺时，他却离我十分遥远了……

要不是今天偶然在街面上遇到他，那也许我会永远不见他，以免再被唤醒藏在心底的隐痛。要知道，一个倒塌的偶像，他本身是并不知道痛苦的，而只是把自己已无力承受的痛苦三倍地移入热爱过他的人身上。每当朋友们为中国现代文学仍未能获得世界地位而嗟叹时，我总觉得自己心口的旧伤仿佛要复发了。我不由想起了少年时代所崇拜的那两位作家来——要不是鲁迅为什么突然又不"做起小说来"，要不是艾青因被扼杀了整整二十年的艺术生命而太快地走向垂暮，中国的文坛又何至于如此寂寥？中国人的才能又何至于如此低下？

　　我的视线渐渐湿润了，脚步也渐渐停驻下来。在微茫的暮色中，目送着慢慢离我远去的纹丝不动的老人，我最后地吟诵着他的另一幅自塑像——《给女雕刻家张得蒂》：

　　　　从你的手指流出了头发

　　　　象波浪起伏不平

　　　　前额留下岁月的艰辛

　　　　从你的手指流出了眼睛

　　　　有忧伤的眼神

　　　　嘴唇抿得紧紧

　　　　从你的手指流出了一个我

　　　　有我的呼吸

　　　　有我的体温

　　　　而我却沉默着

　　　　或许是不幸

　　　　我因你而延长了寿命

　　艾青——就为你归来以后写下的这唯一的一首好诗，我会永远地追悼你、怜爱你！

这一年：我的咏叹之年

　　《中华读书报》主编打电话过来，一定要我以"这一年"为题，为她们写一篇短文。我闻罢不觉一惊，方才记起眼下又是岁末了。

　　并非在刻意模仿"发愤忘食、乐以忘忧"的圣贤境界，实在是因为这一年之于我，无非是个寻常年份罢了。是啊，人生走到了这一步，无论你再怎么没日没夜，一年忙下来也就顶多意味着：你又写出了几篇得意之作，又指导了一篇叫好的论文，又给研究生开了一门新课，又到国外发表了若干讲演，又把不少同行邀约到北大，又挑中了两个读书种子，又编定了几卷《中国学术》，又主编了十几本丛书，又构想了两个新的项目——当然也还包括：又买来了不少引人入胜的唱片，又找到了一个静心读书的住处，甚至又发现了几家价廉物美的餐馆……如此而已、而已。

　　这也许就是所谓"盛年"——忙忙碌碌絮絮叨叨的盛年，生命被各种责任不断分割的盛年，一切兴奋都已沦为日常的盛年，既无心炫耀也无力反悔的盛年。长我几岁的李零兄，曾在电话中跟我数念说，他身上如今压着三座大山。可我学他的样一招算：他老兄这才哪儿到哪儿呀？要说我肩头上的这些大山，最起码也得有五六座吧？

不过，就算我能跟着李零兄数数，却学不像他那牢骚满腹的神态，不然我就不会主动招惹这许多麻烦了。我本性上毕竟是个乐呵呵的山东人，从自己的快乐天性出发，我宁可把盛年时代的这些承担，当作世上最为过瘾的事情。在这个意义上，先忙乎完这个再去忙碌那个，正好比拿着此一种快乐，去换取彼一种快乐，或者更直白些，是先过足了这一种瘾头，又赶着去过那一种瘾。

出于这种心理，近来我总是转着这么个念头：想要把眼下正在经历的这个人生阶段，比作一出歌剧中最最过瘾的咏叹调。人们都爱说"人生如戏剧"，这话原本也不错，只可惜附和者太多便成了俗话。所以，倒不如根据自己的喜好来重新阐发——要知道我当初也可能以歌唱为生的——不再把人生比作一般的戏剧，而把它比作最让人过瘾的歌剧。

当然我知道，连"歌剧过瘾"这种话都在许多人那里显得过时了。在好莱坞模式所造成的心理定势中，那些每天习惯于消费一个故事的人们，已经越来越没有能力欣赏歌剧（或者京剧等等）了。日复一日的情节刺激，使那些心灵结满了坚硬的老茧，只能借下一个更加紧张的（自然也是更加胡编乱造的）悬念来饮鸩止渴。在这样一种观剧心态中，人们几乎从大幕开启的那一刻起，就猴急地巴望着故事的结局，而不再有心力随着剧情的正常节奏，沉浸在和品味着人生的某一个紧要的瞬间。

然而，既已把这些故事比作人生，只怕最没意思的就要数结局了吧？不管是重于泰山，还是轻于鸿毛，总归会"百年俱是可怜人"，天底下唯独这一点还算是公平的。既是如此，又干嘛非要急急忙忙地往死路上奔呢？干嘛不设法定一定格、回一回味，让似水的流年在感觉上飘逝得稍稍慢一些呢？……

由此说来，至少对于那些更想要珍惜生命的人们，与其对他们说"人生如戏剧"，果然不如更加具体地说——"人生如歌剧"。那些人毕竟不那么急于打探情节的终点，而宁可在剧情的缓慢推移中，在剧中人的正常呼吸中，耐心地等候着那一段辉煌的咏叹调。——是的，他们在等候着这个必须拼尽全力来达致完满的巅峰时刻，希望能够伴随着歌者的高音而体验对于极限状态的攀越！

其实，如果我们把人生比作歌剧，那么自己眼下正在经历的这个盛年，也就正好比人生的咏叹之年。一方面，这无疑是最清楚地意识到生命限制的年岁：此时已不再有从头补课的机会，你以往曾经学会了什么，现在就只能去做什么，从而将来也就只能成就什么。但另一方面，这却又是一个最接近于超越自我极限的年岁：与当下正面临的突破相比，以往的作品有可能太过稚嫩，以后的脑力又有可能有所衰减，全都算不得数，因而只有此时此刻的手笔，最接近于成就一生的功业。

由此说来，在这个生命正高歌行进的盛年，人生实际仍然充满了不确定性，就像歌剧舞台上那位将要一锤定音的主角，只要他还没把最后一个高峰坚定不移地唱上去，嗓子眼就总难免有些发紧。然而，他却又比任何时候都更加清楚地意识到，哪怕普天下的沉重都压到了脊柱上，这仍将是挖掘生命潜能的最佳时刻——只要他能像大英雄贝多芬那样，把头颅高贵地昂起来，用自己的全部精思与才华，蘸着内心的全部忧思与向往，谱写出巍峨不拔的传世之作。

只要能心存此念，一个步入盛年的生命，也就没有必要再去伤春了。毕竟，只有足以发出咏叹的这个年代，才最是我们生命盛开的华年。事实上，就像歌剧中最为辉煌的咏叹调，往往要抒发于剧情成熟的时刻，以往你生命历程中的所有细节，无论是胜是负是成是毁，也无非是在铺垫着这个"知天命之年"——此前的你似乎专在等着此时，此后的你也最要记念此时。由此就不妨说，我们这辈子到底有没有白活，关键就在于是否享有过这样的盛年，是否充分利用了这样的盛年，能否在这个挑战生命极限的岁月，唱出过不可一世的咏叹调。

这或许就是夫子"不知老之将至"的真谛罢？当然，所谓"不知老之将至"，并不是说不会衰老，更不是在自我蒙蔽，而是在摹状一种由于把生命化入大我而不觉忘却小我的得道之境。尽管比起以往任何阶段来，盛年时代都更提示了生命的唯一性，然而此刻，既然观众正济济一堂，乐队也已高奏序曲，我们又何妨在人生旅途中索性酣畅淋漓一回，边走边唱——"咏而归"？

我憧憬着，即使到谢幕以后，那歌声也不会就此消歇的。我平生很不善记述情节，就连别人回忆到我的故事，我看后都觉得懵懵懂懂。然而，我却很会记忆定格的场景，无论是"金风玉露一相逢"的好景，还是让我触目惊心的败局，都让我永志不忘，构成了我生命中的"形而上质素"。这一点其实也很像歌剧。因为在我看来，叙事结构在歌剧中同样并不重要，不过是在替剧中人铺垫高唱的机会罢了。正因此才决定了，一旦相应的咏叹调已被神完气足地唱罢，那些剧情就不大值得再去重演了，否则观众就会无聊，就会堕入尼采对于人生轮回的厌恶之中。那么，在这种情况下，人生中真正剩下的，不正是那些值得在音乐会上千万次重温的、永远会受到喝彩的音乐亮点（highlight）么？

突然想到，当我写下这些文字的时候，恰值帕瓦罗蒂造访北京，进行他的告别巡回演唱。于是，就很想把这篇短文献给这位歌王——这位曾经带给我如许欢乐与鼓舞的"英雄男高音"。我想对他说，正如我刚刚写下的那样，尽管一位歌者的身体乃至生命，终将有退隐的一天，但他在咏叹之年所发出的那一片拔山盖世的歌声，却是永远不会老去的。

2005 年 12 月 9 日于京北弘庐

并非胡话

一

　　假如哪位朋友想要编本《当代汉语新词辞典》的话，我很愿意来凑份趣儿，劝他千万别忘了列入以下两个时兴语汇，一曰"爱乐"，二曰"发烧"；而且，他还必须在辞条中注明，这两个单词在当代汉语中几乎是同义词，因为所谓"发烧"在这里绝非指称生理上感染的炎症，与英文中的 fever 云云完全不能对译，它只是极言人们酷爱音乐的热烈程度而已。

　　也许好些人早都对此见惯不怪了。但坦率地讲，自打我刚听说"发烧"一词还有此种可怕的用法以后，就一直耿耿于怀，觉得它对自己生平的这点儿小小爱好构成了最大亵渎！我当然并不盲从汉斯立克那种洋派的"声无哀乐论"，所以至少总还好意思承认：也许世间再没有别的什么会像音乐艺术那样，能经常使自己的魂灵中充溢着悦乐乃至狂喜，竟至于为它而不觉击节称赏、不知手之舞之足之蹈之。但即便如此，每当那一串串优雅、和谐的乐音于夜静时分在这间斗室里潺潺流过,使我紧张了一天的心情得以疏缓和净化,我还是会快快地念到:决不可以把自己的这种心旌飘飘形容为"发烧"——此类病态的语汇,只配用来描述迪斯科舞厅里那一片把胸口震得直疼的噪声,以及在这片声浪中的种种狂摇乱摆!

于是我就老想琢磨清楚:人们究竟为什么偏要把这两个本不相干的词汇联系在一起呢? 起初,我还以为这种滑天下之大稽的说法,不过证明了文化沙漠中的白痴们是何等的贫于想象。但后来经细想一番,却发现事实竟恰好相反:从市场营销的经济逻辑考虑,若想臆造出所谓"发烧"以及由此衍生出的"发烧友"、"发烧音响"、"发烧音碟"之类的流行语汇,竟还很需要点儿独运的创意呢——作为对于消费主义的有意倡导,它成功地制造出了一种新的社会需要,并且明确地告诉消费者,满足此种社会需要的代价是如此高昂,以至于非得有点儿狂热的劲头、不惜牺牲掉其基本需求才行! 想到这一层,我就不能不暗自佩服商人们的精明之处了:他们之所以偏要把"发烧"跟"爱乐"强拉到一起,而不是把它跟购置豪华别墅强拉到一起(尽管后者更需破财),盖因大凡有能力欣赏音乐艺术者,往往都是些阮囊羞涩的书生,非让其咬紧牙关就榨不出几滴油水来。说实在的,就算世上也还有像胡亚东先生在《爱乐》杂志上谈及的那种附庸风雅的暴发户,居然一张嘴就要买十万大洋的 CD(而不是来寻觅或者配齐哪种难得的版本!),他们也决不会是光顾唱片商店的常客;其原因很简单:尽管这类土财主在这里倒是不需心疼便拍得出购物的成本,但我量他们回家后也付不起为之增加文化修养的成本,而只能听到云里雾里去。所以,从生意经上讲,商人们把"爱乐"

和"发烧"联系在一起,的确是一种狡狯的推销秘诀,它成功地暗示了消费者:来了就别怕花钱,哪怕这是你下半个月的饭钱!

但无论如何,只要你把这种商品买回来并且听进去,你还是会发现——若从欣赏音乐所必需的美学角度出发,则真正足以形容你对古典艺术之钟爱的,其实并不是"发烧",倒毋宁是"退烧"! 与那种张开饕餮大口不停吞食各种粗滥文化快餐的社会流行病相比,凡是真有本事和耐性聆听古典音乐的人,其口味都是精致甚至挑剔的,其心态都是沉稳而且健康的,在他们身上都或多或少地保留着对商业文化的抗体。在这方面,鉴于《读书》杂志曾经刊登过一篇批评人们普遍误解了莫扎特的文章,我就有必要声明一句:我的上述说法决不是简单套用温克尔曼所谓"伟大静穆"的公式得出来的。实际上,只需翻翻欧里庇得斯就不难发现,即使在希腊艺术中也照样不乏呼天抢地的感伤情调;又遑论我所讲的"古典艺术"完全是泛泛的,包含了所有那些把剧烈冲突甚至极限对比当作基本乐思的经典作品。可即便如此,我想大家还是应当看清这样一个严酷的事实:随着生活节奏呈对数曲率的不断加速,神经科的医生们已在惊呼大部分人到下世纪都会遭遇"睡眠障碍"了;因而,在日益过敏的现代感应性面前,如果古人存心制作出的冲突竟然比今人刻意寻找的和谐还要和谐,那也不能被说成是仅仅由我们的耳朵弄出的错!我们的室外背景声早已变成了各种引擎的永无休止的轰鸣,我们的听觉参照系也早已变成了 OK 伴奏带里的千篇一律的喧闹,由此一来,海顿《G 大调第 94 交响曲》中那个有名的响亮合弦就很难再让我们感到多少"惊愕"了,而莫扎特《D 小调钢琴协奏曲》(K. 466)中极度渲染的情感张力也很难再使我们感到多少骚动了；除非专攻音乐史的方家，则人们更多地是通过瞳孔读到、而不是凭借耳鼓听出其中之"急风暴雨"和"激动不安"的——大概任何一位诚实的听众都勇于承认这一点！而再进一步讲，即使在指挥家棒下流出了贝多芬式的跌宕不平的序曲或交响乐，使我们的脉跳不得不跟着同步加速甚至悸动，其激越昂扬的旋律也仍然足以把大家提升到精神层面的挣扎与搏斗中去，并使我们在神完气足的终曲之后，再略带倦意地体验到宣泄之余的入定心境，宛如在天风海雨过后又漫步于已被浪涛洗平的沙滩……此类乐曲的旨趣与构成，又岂能与从节拍器里传来的那种纯粹感官刺激同日而语？

诚然，我们会有各种各样的机缘聆听古典音乐。但相比起来，无论是到音乐厅去享受现场演奏的效果，还是借调频台来接收定时喂送的"套餐"，都毕竟会在时间和曲目上受到很大的限制，故而对我们的耳朵来说就只能算是某种补充。正因此我就敢断言：只要撇开那些专靠搜求 CD 来满足其新潮"收藏癖"者不谈（他们的情况我们不妨等一下再来议论），对于许多目前已习惯于在逛罢书店之余再顺便逛逛唱片商店的爱乐者来说，即使他们在文化消费上的支出幅度比以往更加"偏离"了经济学上的"恩格尔系数"，也绝对算不上是什么"热昏"之举，因为他们确实有这方面的饥渴需求。其实，我们只需冷静自度一下就不难发现：耳朵这种器官是比眼睛更"揉不得沙子"、更不肯安于低等满足的；所以大凡精神素养比较高的人，尽管他容或可以跟芸芸众生凑到一起去被某个肥皂剧挤出几声干笑来，但一旦逼他也来领教格调太低的俗陋音乐，则只会使之感到无名的刺痛！那么,对于已经选定以治学为业的书生来说,当他们乐不可支地度过了上午手不停挥、下午手不释卷的工作日之后,究竟应该如何打发那些"实在想不动"的剩余时光、如何化解晚间百无聊赖的"闲愁"呢？照我的体验,排遣之途虽属林林总总,但只要大家不甘心从刚刚还攀援于其中的精神阶梯上一次次地掉落下来,以致在毕生的追索过程中留下一个个虚空的断点,便最好是换一套具象点儿的符号系统,到审美之维中去为自己的心力充充电——而且我们还应当承认,就现有的条件而言,在所有的艺术类别中,又只有文学或音乐作品最容易走进我们的日常生活。正因为如此,我才真心诚意地赞叹:CD确是一项了不起的、教人受用无穷的发明——它大大扩充了这间书房的容量,使我们不仅得以坐拥书城,还得以坐拥乐团,竟至于只需顺手翻拣一通,便可以很便捷地进入"老托"或"老柴"的想象世界(而且依我的习惯是不妨同时进入)！这样一来,你即使在闲靠小憩时,也足以只徜徉于净土之中、只跟大师们展开对话了。当然,你不必每次都听得太过"学究气",完全可以听凭唱片在那里自言自语,让那些音符在你绷紧的神经上随意地敲来拨去;但不期然而然地,你的注意力就能被牢牢吸住,仿佛潜入了通灵之境,朦胧瞥见了白天踏破铁鞋都未找到的东西！听到那个似乎是不经意弹出的小小动机,竟能由绵绵不绝的灵感支持着,变奏出万花筒般的让人耳不暇接的奇幻乐句,在你原以为很难再有什么发挥余地的极限处不断朝前突破着,而发展出了一个纯粹为想象力所扩张的艺术空间,你经常会被感动得眼圈湿润;同时,在它那种由无数精巧细部共同构成的、而且处处都转折得恰到好处的宏大布局中,你也会反复体验到制作此类千古绝响所必需的永不倦怠枯竭的才力、定力和耐力,领悟到即使就靠自己"有形必有毁"的血肉之躯,也照样能创造出如此无可磨灭的的文明成果……

二

嗟乎哉——"不图为乐之至于斯也!"

除了像夫子这般"叹为听止"之外,我实在是不敢再赞一辞了,尤其是不敢拿"春、江、花、月、夜……"那类自然天成的视觉意象来笨拙地坐实自己的听觉感受。我只觉得,西方的古典音乐乃是一种已发展得太自律太独立的符号系统,它在艺术上的纯粹性大概只有中国古代书法中的狂草差堪比拟,所以就算此类艺术也总还有某个激发其灵感的由头(比如乐谱前标记的提示或碑刻里抒写的文辞),你也决不可以将其飞扬的风采与神韵再干瘪地还原成这个由头;正因乎此,尽管你可以把心智潜入音乐结构的深处来迁想妙得,恰如你可以跟着书家龙蛇飞舞的笔势而目眩神摇一般,但一旦从那种若有所悟的化境中"收功"回来,就顿会感到其"妙处难与君说",决不可能再用日常语言来"翻译"和"图解"出音乐文本曾向你展示过的那许多丰富内容。所以,如果我们在这方面确实只能"一说就俗",那么或者竟还是三缄其口的好!

而冷静反忖一下,恐怕果能确切表达出来的内心感受,就只剩下自己在"以乐养心"之余又不禁联想到的一点儿"乐外之理"了。

我时常暗自感叹,又有谁真能讲清——现代人究竟是变得更勤勉还是更懒散了呢?不消说,如果单从创造物质财富的角度看,他们的确是被激发出了空前紧迫的工作态度,以至于虽说如今体力劳动的强度已大大减轻,在这群熙熙攘攘的蚂蚁中间还是流行着称作"过劳死"的传染病。然而,不管马克斯·韦伯有关新教天职曾经向人们提供过一种新型工作伦理的历史假说能否成立,我们若仅从眼前的情况出发,总还有理由断定:真正足以鼓励着现代人之工作动机、并从而支撑着现代经济之不断成长的,却绝不会是满足其精神企求的形上关怀,而是诱惑其低层欲望的市场效益。由此便导致了:由于花样无穷翻新的社会需要已把人们的自由支配时间压榨殆尽、特别是已将其悠游自得的闲适心态败坏殆尽,他们的视野就只能日渐促狭、其潜在的文化原创力也只能被越来越彻底地消解。缘此,我们就不能不低首下心地承认:现代人的精神劳作不仅是已经越来越无法与其物质劳作成正比、甚至即使单就它本身的绝对值而言,也根本都望不上古人的后尘了! ——谁若是觉得服不下这口气,他满可以去扪心自问:这么多成天敲电脑摆弄文字的写家中,到底还有几人真心准备攥上以鹅毛著书的黑格尔、或者用狼毫立说的朱晦庵?

正因为已是无可奈何地被抛入了眼下这种普遍忽视精神追求的社会环境之中,所以,不管我本人私下里是何等地珍爱音乐艺术,还是觉得有责任向那些居然乐于自命为"发烧友"的人们呼吁一声:千万别只顾着贪进"偏食",而从门缝里把本是广大圆融的古代文化给听"扁"了!君不见,当今世界最不正常的现象之一恰恰在于:一方面,由于音乐虽不像影视那样易于替现代人的心胸"填空"、但毕竟还是要比属于第二信号系统的文字作品更贴近和取悦于感官,所以古代文化人的原有地位就在现代人心目中整个反转了过来——以前那些处于文化中心的、经常头顶桂冠的文学家和哲学家，不得不从社会舞台的聚光灯下黯然退隐，而昔日那些处于文化边缘的、往往只属于宫廷弄臣的音乐家（尤其是其中似乎无足轻重的指挥家、演奏家及歌唱家），却神气活现地走到了公共沙龙的灵光圈中；另一方面，鼻子最尖的商人们又确实太知道怎么样来迎合人们精神消化力的此类变化了，所以在他们的推波助澜下，更是有意设计和推广出了这样一种风尚——对于许多生怕不能把自己照着广告描画入时的现代人来说，即使他们根本不知道柏拉图或贺拉斯为何人，亦觉得丝毫不值得诟病，但设若他们不能对巴赫或马勒的哪部作品（特别是卡拉扬或卡拉斯的哪次录音）如数家珍，则会自引为奇辱大耻！正因为这样，大家便必须清醒地看到，恰好就在我们脚下，又刚刚裂开了一口很深的陷阱：几千年来一直以书写文字作为其主要载体和基本内容的文化传统，很可能会被我们时代的"弄潮儿们"越淘越空，而且倘无尚能附丽于音乐的片言只语作为其遥远的回声，只怕早就被他们遗忘干净了！我在此决不是妄发耸听之论，大家如若不信，完全可以在以"发烧友"自诩的人群中做一次问卷调查，看看除了《欢乐颂》《魔王》和《乘着歌声的翅膀》之外，他们可还曾读过席勒、歌德和海涅的多少其他诗作？或者倘非借助于贝多芬、威尔第和柴可夫斯基的谱曲，他们可还有别的什么机会去接触《哀格蒙特》《茶花女》和《欧根·奥涅金》？（说句不算太丧气的话——只要他们还没有把这类作品当成原本就是专为音乐家撰写的歌词或脚本，就已经很让人心满意足了。）缘此，极具讽刺意味的是,恰恰是在所谓"高保真"的精致音响声中,历史反而有可能被弄得比在哈哈镜里还要失真:什么高乃伊式的铿锵诗步、莎士比亚式的磅礴才情,什么屠格涅夫式的细腻铺叙、契可夫式的冷峻笔锋,统统有被现代人当作"马肝"的危险;那些玩家们只图在时尚杂志的诱导下去支起灵敏的耳朵,以便能获得资格去挑拣各种音箱的效果、品评每位大师的演奏,却竟忘了去领悟一个再浅显不过的道理——其实只有从小就饱受古典语言滋养的人们,才会"信口信腕"地在谱线上画下那些美轮美奂的音符,所以往日的夜莺也并不是光靠歌唱就能生活的,他们的文化成就更是决非只体现在那几圈儿飘散于空气中的声波里!

当然了,我们还得再把话给说回来,因为事情并非仅有消极的一面。尽管我从内心深处一直警惕着,在那种当真憋着"发烧"的劲头去"爱乐"的流行时尚中,的确存在着一种非常商业化的危险,甚至那些大批量生产出来的 CD,也很可能要被糟蹋得就像早已流于程式的维也纳新年音乐会一样,只不过每年给了俗人们一次卖弄风雅的机会,但平心而论,同样是在这股新潮之中,我却也的确发现了某些似乎可以帮助我们对抗和医治"全社会世俗化"的积极苗头。我在这里绝对无意学海德格尔的舌,空讲"哪里有危险、哪里就有救"之类的宽心话,因为历史知识告诉过我,只靠一种盲目的乐观情绪,从来都不能把一个文明引领出绝境穷途;毋宁说,我的这一线希望倒是从引车卖浆者流那里学到的:要是连偷卖盗版唱片的小贩都能拿得准只有古典音乐才最受欢迎,那么还有谁会怀疑,至少在一个向度上现代人还是对他们所身处的环境持相当的保留呢? 说到底,此间真正构成了巨大反讽效果的,还不光是当现代人聆听古典音乐时的心往神追与自叹弗如(那是任何一位古董商都可以具备的怀旧情结),而更其在于:恰恰是这些已从电视里听惯了俗语村话的人们,竟还会感到唯有古人所倾吐出的纯朴而宏富、敦厚而高贵、清丽而典雅、从容而欢畅、真诚而华彩、澄澈而幽远的心曲,才更符合自己的内在灵性!所以,透过"爱好古典音乐者为数日多"这一层现象,我们也许还有理由认为,现代人的精神沦落程度,至少还没有像他们素常于其他方面所表现的那般严重,因为他们至少还知道:尽管自己可以整集装箱地制造出"健伍"或"山水"来,却再也写不出《命运》或《悲怆》的哪怕一个小节来了;尽管当代的乐师可以把李斯特和肖邦的作品弹奏得比作曲家本人还要精致准确,可相形之下仍不过是一班徒逞技巧的匠人(充其量也只是些能把教本背得烂熟的学徒);尽管这个恣意投合物欲的市场从不吝惜向科技专家们拨款施恩,却必然要在摇床边就谋杀掉所有可能出现的莫扎特……更重要的是,尽管他们早就受红尘的诱惑而跟靡匪斯特签了约,却仍忍不住要潜入古典美的幻境中去一瞻海伦的风采——足见就算他们一时还估不透"现代性"到底"毛病何在",但肯定也已觉出它是"something wrong"了!

缘此我就不禁要突发奇想了。当我们阅读史册的时候,常会掩卷兴叹:人类文明究竟在"何时、何地、为何"突然走进了死胡同,这往往是一个连神仙都难以解答的问题;但反之亦然:它究竟会在"何时、何地、为何"又突然眼前一亮,看到了"柳暗花明"的出路,这同样是一个连上帝都无法逆料的问题。囿于名辩的西方当代伦理学在自身的理路中左支右绌,到头来却竟被简捷明快的医学从那个绕晕了的怪圈中救出,不正是这方面的一个好例证么?那么,由此而不禁联想到:偏执于"单向度"的现代人在患够了精神空虚症之后,会不会恰恰因为施行了"音乐疗法"而得到救治呢?这固然是任何"先知"都不敢放言空论的话题。可无论如何,我们毕竟还是不无惊喜地发现了,正当古代的造象艺术早已被闭锁在博物馆的防弹窗之后、而古代的语言艺术更是被掩埋在图书馆的灰土之下的时候,却居然唯有古代音乐才借助于现代传播手段向我们显示出:历史的河流并没有完全干涸,它仍在属于我们自己的时空区间内流淌着和充溢着。所以,如果我们还记得海德格尔的那句话——"若无艺术,则人类早就被控制论从地球上连根拔起",那我们也得紧接着再补充一句——其实人类的这最后根基更多地并非扎在现代艺术中,而是扎在古代艺术中,尤其是古代的音乐艺术中!我们当然不敢开出处方说:单靠这些已经融进了我们日常生活的美妙乐思,就足以彻底触动现代人目前正执迷于其中的价值信条。但每当想到子孙后代们差不多肯定还会跟我们一样因这种古代生活世界的流风余韵而其乐融融时,我还是觉得找到了某些值得聊以自慰的理由。一方面,既然古代文化纵是命若游丝却犹能一脉相袭,那么我们或许就还有几分理由相信:虽说人性可能暂时被某种制度扭曲、其创造潜能也可能暂时被它压抑,但人类本身大概还不至于"变种"到哪里去罢?另一方面,更令我感兴趣的是,既然一听到莫扎特式的旋律,一进入堂庑开阔的"大空间"中,人们便能够这样不拘男女老幼、尊卑贵贱、种族肤色地统统将其"异质性"(heterogeneity)权且"悬置"

(epoche)起来，而"还原"出一个更加本真也更加平齐的"自我"，这就明确昭示了我们：在这个到处布满鸿沟的分裂世界上，其实人类始终还具有一种更高和更深的话语，它并不像福柯们所猜忌的那样仅仅意味着彼此支配的权力，而更意味着相互沟通的桥梁！我素来认为，在人类的行程中，内在的基因漂浮从来都只是常数，而唯有外在的环境迁移才称得上是变数；因而，尽管像贝多芬、门德尔松、舒曼、瓦格纳那样的天才是伟大的，但比这些作曲家更伟大的，无疑还要数化育生养他们的那一方水土。正因为这样，只要我们在精心守护前人文化成果的同时，还没有放弃对一种健全社会氛围和健全精神状态的不懈追求，那我们就至少还有权去这样放纵一下想象——总有一天，等人类从他们如今死死匍匐的地面上"直立行走"出去以后，还会在再度斗转星移的天穹中，发现其亮度足与康德和莫扎特相匹敌的恒星……

　　唯一不敢想象的事情是："不知老之将至"的吾侪，还能有幸亲聆那种仍将属于全人类之文明进程的崭新乐章么？

玻璃这种语言

　　记得去年赴美讲学之前，中央电视台曾经打电话过来，要我去《实话实说》客串一回"嘉宾"，参加对于"长安街建筑"的讨论。这个话题当然蛮有意思，总比老听关于"神州第一街"的宣传要好。只可惜我当时行期已近，来不及去向到场的方家当面求教了。

　　不知这节目后来播出了没有？尤其是，不知它是否转达了我在电话里的顺便发表的意见：真要对这些既一字排开，又不成群落的建筑说点实话，就不能避免对于暴发户心理的检讨。就像堆金砌玉并不能提升诗歌的格调、浓妆艳抹也并不能显示女人的品味一样，光靠比试装饰材料的铺张奢华，顶多只能说明这属于"几星级"的华屋，而不能证明这是"有设计"的建筑。

　　可虽已飞到国门以外，我总还觉得此话言犹在耳，因此来到波士顿的查尔斯河畔，每逢望到贝聿铭的那幢汉考克大厦（John Hancock Tower），总会油然牵挂起大洋对岸的那场讨论，并由此生出许多感慨和郁结。

　　这幢曾经广受争议的高层建筑，似已被波士顿市民默默接受了,他们不再为镜面的脱落而担忧,只替它起了个既家常又风雅的绰号——"书楼"(Book Building),因为无论从哪个角度远远望去,它都很像一本高高竖起的精美图书。然则对于来自异乡的人们,特别是专修环境艺术的内子来说,它仍能唤起相当新奇的感受。大概正因为这一点,她就顾不上对照实物去验证学过的书本知识,只是凭靠内心的专业直觉,用紧盯的目光一再重复着赞许。

那么,这个作品究竟好在什么地方?人们对于它的创新意义,早已发表了不少评论和争论,似也不必在此多"掉书袋"。毋宁说,真能从心底把我说服、让我承认它确属杰作的,乃在于它巧妙利用了镜面的幻觉效果,既突出了平滑立面的整体感,又收敛了庞大体量的厚重感,使你尽管明知这是幢摩天大楼,在蓝色镜面的折射和融入下,仍觉得它简直有点儿"秀美",亭亭玉立在蓝天白云之中,而不像寻常的混凝土怪物,只会给视觉留下压抑和沉重。

有人曾经不屑一顾地说——"贝聿铭就喜欢用玻璃……"这当然不能构成正当的批评理由,正如不能指责——"李可染就喜欢用黑色……"其实跟其他种种建筑材料一样,玻璃无非是一种中性的建筑语言,而能否利用它从事真正的创造,只能取决于各自的修行和造化。从这个意义上讲,就算密斯·凡德·罗和贝聿铭对玻璃有所偏爱,那也是因为他们先有了大师的禀赋,然后再去寻访探查适合自己发挥的语言,而不是光靠推重某种新鲜材料,就能摇身变成开风气之先的大师。

转过脸再看看长安街头,实不难找到反面的佐证。——玻璃这种建筑语言,真是奇妙得可以,一旦被不同层次的人群言说,竟能显露出迥然不同的意义。如果贝聿铭调动上万块镜面,意在强调紧凑和简洁,那么在我们这里,居然只需装点它百十来块,就能表现出琐碎和零乱。如果贝聿铭试用这种语言的匠心,是想让大厦化入周围的景观,那么在我们这里,竞相搬用这种脆弱而富丽的材料,竟只因为看中了它的炫耀效果。——休说对于意境的独到创造了,难道就连学习和摹仿,都非得如此愚不可及么?

于是乎,就像沿街拉客的低等妓女总也离不开亮闪闪的水钻一样,贝聿铭的那些也配称作"建筑师"的同胞,也在这块价格不断腾贵的亦官亦商的地皮上,东一处西一处地显摆着对于镜面玻璃的低等迷恋。他们竟然打算用令人厌恶的光污染,向眼花缭乱的行人大送媚眼,打算以额外糟蹋的昂贵造价,来证明自己早先穷得受不起教育。镜面玻璃到了他们手中,就这样取代了卫生间瓷砖的效能,贴到了那些想要夸富的建筑物的脸皮上。

这些东西哪能算作具有永恒价值"建筑"? 它们不过是临时站在这里等待定向爆破的"房子"罢了。但愿子孙后代比我们出息多多,能在开来推土机的同时,吐口唾沫笑骂一句——瞧瞧那一代暴发户吧,竟阔绰得如此穷酸,又简陋得这般豪华!

谣传的悖论

记得前些时，曾在《二十一世纪》上读过高毅兄的一篇《法国大革命中的谣言现象及其政治功能》，佩服得紧。高兄真不愧是张芝联先生的高足，著文立意深得年鉴史学派的家传。过往的历史演变一经他从心态史学的角度开掘，果然丰满和细腻多了。

自从我和一班文友论及治学路数并在《学人》上刊出《不通家法》一文后，总有人误以为我是主张造反有理打破一切家法的，似乎最近一家报纸对那次讨论的介绍就给人这样的印象。其实，那根本不符合我的本意，我只不过是不赞成抱残守阙，拒斥其他方法特别是新方法于门外罢了。比如，对年鉴史学派的家数，我就一向期许甚高。只可惜，我们尚无机缘将其代表作悉数译出，以使大家亲睹其魅力所在。

而更大的遗憾是，正因为看到了心态史学的重要性，读罢高兄的大文之后，我又不免为学术界所面对的、有时是自家设置的囿禁而抱恨。令人惭愧的是，除了报告文学界的几位翘楚尚敢敏感地追随之外，坐冷板凳的学者们，至今充其量还只能借少量侥幸记载下来的,但业已安息在史籍中的人类活动遗迹去揣测和臆度前人的心态,而竟未能启用仍然活着的、更为完整也更易于推断的材料来研究当代社会的心路历程。或许有人会认为,那就算不得"真学问"了,其实大谬不然!仍以"谣言现象"为例,回想一下,自打开始志乎学的时候起,我们哪一个不是从谣言堆里滚过来的?谁若把高兄的论题《法国大革命……》转换成《文化大革命……》,那该能写成一篇多么富有启发的文章?然而,这个题目,外人(比如那位麦克法夸尔教授)做不好,我们又不屑于做(即便做了也不敢理直气壮地称那叫"学问"),奈之若何!

幸而,日前偶然在北大书店购得了一本法国人写的《谣言》,回家后一气读完,再点上一支烟浮想比类,总算了解了我在这个问题上的求知渴望。作者卡普费雷,为"谣言信息研究基金会"的主席(人家竟有这样的组织!),他不紧不慢地分"谣言之生与灭"、"谣言的解释"、"谣言的利用"和"能够扑灭谣言吗"这样几大部分,对此种社会现象及其显露的社会心态进行了条分缕析。是书乃根据现代社会学的取样方法和分析技巧写就,故其客观性是难于置疑的。我想,读者们只要"能近取譬",便庶几对学术界暂时尚无由下笔的题目心领神知了。

严格计较起来,如就此书之要义而论,径直把法文的题目Rumeurs 译为《谣言》,似还有商酌的余地。因为,中国人一提起"谣言"二字,难免马上联想起屈子所谓"众女嫉余之蛾眉兮,谣诼谓余以善淫",遂对此有先入为主的负面价值判断,将之看成不足为凭的恶意流言。可是,这与作者主要从传播学的角度来探究"小道消息"

之发生与发展的初衷已大异其趣了。缘是我以为,与其将该书的标题译成先行判定其伪的中文词"谣言",未若译作其真伪尚待甄别的中文词"谣传",盖此"传"者,正《吕氏春秋·察传篇》所欲审察之传闻也。

其所以不能先以真伪为尺度来衡量某类消息是否"小道消息",是因为另一类消息也并不能因其无事生非信口雌黄而不成为"大道消息"。这一点,我们只要看一看卡普费雷先生的分析便知端的。他说:"事实上,以'未经证实的',尤其是'虚假的'信息为标准而确立的定义,是意识形态上的定义,反映了反对谣传的偏见……如果真是这样,那么任何人都不会把谣传放在心上。然而,谣传之所以有人相信,正因为谣传经常最终被发现是'真实的',如泄密和政治内情的曝光。"(页10—11,文中 Rumeurs 的译名均依我的理解易为"谣传",下同)政治家们似乎比任何人都更乐于和善于说谎,所以,我们在"虚假的"和"未经官方公开证实或者已经被官方所辟谣的"这两种对谣传的定义中,只能选择其一,否则就会自相矛盾地推出所谓"官谣"的存在。卡普费雷先生言之凿凿地写道:"在任何一个国家里,越是接近政权的人,就越是明白向公众宣布的事实可能与真正的事实是风马牛不相及的。为了不像蠢货一般死去,必须听听谣传,即打听隐藏在官方说法或官方沉默的表象之下的事实。在苏联进行的有关谣传可信程度的调查中,在被调查者中,认为谣传比官方传播媒介所发布的信息更为可信的知识分子达95%,而在农民中,这个比率为56%。"(页108)

明白了这一层,我们便可以省得:那种把政治学习时间弄成了传播小道消息时间的怪异现象,决不会只是敝邦的土产。人们之所以渴求谣传,并不是因为他们天生就喜欢追逐虚假,相反倒是因为他们恰恰太需要真实。"如果掌握权力的人不能够向被统治者道出真相(即使我们假定每一次这样做都有正当的理由),那么,人们就只有求助于谣传(即使他们上谣传的当并不比上当局的当更少)。"正是在这个意义上,卡普费雷提出,谣传是一种"反权力"——"它揭露秘密,提出假设,迫使当局开口说话。同时,谣传还对当局作为唯一权威性消息来源的地位提出异议……谣传揭露了人们丝毫未产生怀疑的事和某些隐藏的真相,从而增加了政治的透明度,并孕育了反权力。谣传起到了一种干扰作用,是第一台自由广播电台。"(页19)正因为有了这种被认为比官方来源更可靠的"小广播",人们便总是倾向于或习惯于对"大道消息"正话反听(充其量信其"但书"之后)。而当局若是足够聪颖,省得了这种"正言若反"的规律和效应的话,那它也完全可以将计就计倒过来利用自己的信用——如果想搞臭哪项工程或哪个人,只需下命令让传媒对之多讲好话即可,与此相左的谣传保管会随之蜂起,此正合偈云:"假作真时真亦假!"

然则,若仅此为止,谣传这种初看起来不正常的社会现象岂不是大大增加了"公开性",满足了人们的求知欲,而《礼记·儒行篇》所谓"闻流言不信"的教训亦徒为迂阔之论了么?但是且慢,更引人入胜的分析还在后头。由于人性自身的种种毛病,那些到处刺探"有甚么新闻"的人们又很可能"播下龙种,生出跳蚤",恰可对上太虚幻境的那句下联——"无为有处有还无"!

年少时不晓事，一听到戈培尔那句恶劣的名言——"造谣一千次便成为真理"，总以为世间有少数几个专门混淆视听的佞人，躲在哪个阴暗的角落里不厌其烦地扯同一个谎，直到人们误信为真才罢。到后来，读了些书，也经了些事，方慢慢地悟出来，"好人"和"坏人"之间并不是那么泾渭分明的，而所谓"造谣一千次"，也很可能并不是都从一个巫婆的风口袋里放出来的，恰恰相反，它往往需要一千个人有意无意地接力完成。这一点粗浅的道理，倒不必非等到读了卡普费雷先生的书才能弄懂。我方才提到的《吕氏春秋·察传篇》，早就观察到了这类现象：

> 夫得言不可以不察。数传而白为黑，黑为白。故狗似玃，玃似母猴，母猴似人，人之与狗则远矣。

我甚至还见到过一个热衷此道的人，他听到某种传闻后诧异道："这故事原是我编的，传来传去，走成了这个样！"正是在这个意义上，卡普费雷出语惊人地指出：谣传的根源并不在公众之外，而在于我们之中——"到处去寻找谣传的始作俑者，是将谣传这个现象简化成一个纯粹个人的问题，与群体无关的病态的问题：始作俑者或是个自觉或不自觉的造谣癖，是个初出道的巫师，是一句走了样的戏言，或者是个人之间的私怨报复。这些场景可以编出一部绝妙的好电影。但是，如果公众在看电影时是观众，那么在谣传中，公众却是主要的演员。"（页27）

因此，真正重要的还在于，必须对听谣传谣的群体进行研究，从

而对整个社会的心态进行精神分析式的诊断。韩愈曾在《原道》中
不解地慨叹:"甚矣,人之好怪也! 不求其端,不讯其末,惟怪之欲
闻。"其实,细究起来,人们并不是对任何的怪消息都热衷于传闻的,
关键还在于这类乍听起来很怪的消息是否暗合和宣泄了自家深藏
的私欲。卡普费雷分析道——"谣传的内容包含一切,并以一种类
似泄露天机的方式出现。当谣传恰好解答某种个人忧虑,或解决一
场冲突的时候,天机泄露了。第一批传播那些淫秽谣言的,是那些
强烈地抑制住他们的性冲动的人,他们从这类色情下流的趣闻轶事
中得到快感,同时又能扮演揭发者和义愤填膺的道德家的角色。"
(页57)说到这一层,我们与其举那些近前的令人眉飞色舞的例子,
毋宁举藏在圣贤书里的例子,因为它似乎更贴合"谣"字的本义(《说
文》:"谣,徒歌。"),故而也更能说明从古到今人们是怎样一贯利用
谣传来获得心理满足的——

> 墙有茨,不可扫也。中冓之言,不可道也;所可道也,言之
> 丑也。
> 墙有茨,不可襄也。中冓之言,不可详也;所可详也,言之
> 长也。
> 墙有茨,不可束也。中冓之言,不可读也;所可读也,言之
> 辱也。
>
> (《诗经·鄘风》)

我们且把那些注呀疏呀的都搬开,直读本文,这不正是几个长

舌妇在那儿叽叽喳喳地咬耳朵，谈论她们想干而又不敢干的事么？既然中菁里的悄悄话是"不可道"、"不可详"、"不可读"的，又焉知人家"言之丑"、"言之长"、"言之辱"邪？所以，这里就需要发挥想象力了。而想象的通道一开敞，"白日梦"也就做足了，不自觉的心理治疗也就完成了。

也正因为有了满足欲望的想象力作为支撑，我们才可以弄清：何以连最稚拙无稽、最荒唐可笑的飞短流长都会有人宁肯相信，而且把它修改和补充得越来越可信。正如卡普费雷所观察到的——"当传谣者感到自己的话未能说服人，他便会立即提出另外一个人，一个比他更知情、更权威并被假定为消息来源的人……这就是最主要的一点，传播重要信息的人经常寻求说服他人，使之相信。因此传播谣言者很少有持中立立场的。传谣者不会仅仅满足于宣布一项消息，就像人们将一封信投入邮筒一样。他本人完全牵涉进去，他把信息据为己有，抛出这个信息，就等于抛出他自己。这就是为甚么谣言的传播是一连串说服行动的结果。"（页72）我们寻常看到，越是叫人不敢相信的传闻，就越会有人诅咒发誓这是某某亲目所睹，也正是因了这个缘故。

但实际上，传谣者根本用不着去发那类毒誓，因为听谣者之爱信不信，原本有他的先入之见。如果你说出来的并非他渴望听到的东西，那么，即使听起来可信性很强，他也会"宁信其无，不信其有"。而如果你能正中彼怀，则即使他明知这是"天方夜谭"，也会毫不犹豫地接受它，并把它弄得稍微像样一点儿后再传播出去。因此，在谣传的一串串泡沫之下，潜藏着一股股更为稳定和更为真实的深流,它反映出我们的社会因阶层、职业、才能、性别、年龄、种族、信仰、习俗、地域等等方面的不同,而区分为种种相对封闭的利益集团。正因为有了这些社会群体存在,那些耸人听闻的消息才会各自具有其传播的空间。尽管这些谣传有时候照外人听来像是一些荒诞不经的笑话,可是在圈子之内,即使人们不见得真心笃信,却仍会津津乐道,使之不胫而走。在这方面,卡普费雷恰恰举出了中国"文革"后期盛传的有关尼克松访华时偷了九龙杯,而周恩来又安排魔术师巧妙取回的例子(可惜我们这些好材料都被别人先用了!),来说明这种绝对超逾常情的谣传曾如何"加强了中国人民自己对自己勾划的形象的主要特征:人口众多,充满智慧的中国人终于不可抗拒地取得了对狡诈的外国人的最后胜利:但同时中国人也懂得如何行动以使双方都不失面子"(页151)。其实,用不着多费脑筋去找寻,这种专属于某个圈子的流言蜚语俯拾皆是。试想,就算王安石不去"衣臣虏之衣,食犬彘之食",身属保守派的苏老泉就找不到理由(比如刚好反过来是"肥马轻裘,钟鸣鼎食")来写《辨奸论》,以博得其朋党的喝彩了么? 再试想,有关《静静的顿河》著作权的谣传之所以历久不衰,能和那一大帮没被瑞典人看中的作家的酸葡萄心理无涉么? 所以,从古至今,算不得"人心不古"的事情,大概也只有"闻(他人)过则喜"这一条了罢?

那么,讲了一圈,究竟如何总结对谣传的透视呢? 我们先说一下卡普费雷先生自己的定义。他认为,人们称之为谣传的东西,必须同时满足下述三个条件:第一,该信息必是"并非通过大众传播媒介传递,而是通过某个个人,通过口传媒介的方式进行传递";第二,

"这个信息必须是人们在等待之中的,它满足人们或是盼望或是恐惧的心理,或符合人们多多少少已意识到的预感";第三,"这个信息对群体来说又必须是出乎意料之外的,会带来直接重大后果的"。(页54)总而言之一句话——谣传是照某一类人听来既出乎意外又适在情理中的"路透社"新闻。

这定义固然不错,但还嫌不完备,因为它只是从传播学的角度下的。而如从认识论的角度去审查,则我们还可以对之进行重要的补充——谣传者何?乃人们为求真而暗辟的信息通道,但其载负之知识却总是因接受主体的私弊而受到虚假的曲解。这正是我想要说的"谣传的悖论",或曰"谣传的怪圈"。

最后再讲一点,人们究竟能否摆脱这种狗咬尾巴式的怪圈呢?答曰:即便能也难。这是因为,一方面,由于传媒的不足信,而人们又无法摆脱对自己生存状态的焦虑,所以,想对谣传闭目塞听绝不是办法;另一方面,由于小道消息源源而来,且又总是牵涉难于企及的内幕或权威人士,所以,也绝不可能逐一对其进行验证核实。缘此,问题便出现了——在"姑妄听之"以后,究竟应根据甚么来决断是否"姑信之"呢?

恐怕,唯一可以求助的便是自家的直觉了。为了既不被传媒蒙昧,又少受谣传的愚弄,人们必须试着学会做一个"新闻分析家",努力客观地推想别人的谈资其可靠程度有多大,即撇开一己之偏好去区分哪些谣传确实有蛛丝马迹,哪些谣传只反映了人们的愿望,而哪些谣传则纯属编出来的笑料……

不过,这话说起来容易,做起来却甚难。因为直觉是要建立在知识的基础上的，而偏偏生也有涯，知也无涯。所以，就连我生平见过的直觉判断力最敏锐的人，也难保不上空穴来风的当。于此方面，说别人容或人家不开心，我就讲一个自己的笑话让别人开开心罢。前一阵子，北京老是风传地震。一开始，我当然是从社会心理学去判断这些消息的，并不以为意。可是，架不住消息再三传来，越说越玄，连"夜里几点以何处为震中"都有鼻子有眼了，遂弄得我像三闻"曾参杀人"之后一样，不敢固执自家原有的直觉了。毕竟，死生亦大哉，玩忽不得，更何况还有女儿同住，舐犊之情甚切，故为防万一，不得不大冷天儿地在院子里搭了个旅游帐篷，整夜猫在里边"拥被听雪声"。直到次日清晨想起来跟《中国地震报》的朋友通了个电话，方才醒悟过来——谁要以为有人能准确地预知何时何地有大震，他也太高抬目前地震科学的水平了！

呜呼——只能自嘲"杞人忧地"了！谣传之捉弄人，一至如此。不然，我又何必分心来书空咄咄呢？

1992 年 9 月 16 日

一无所有

真是卖什么的吆喝什么——文化人若有了气，就总爱骂文化。骂得久了，就连最没有文化的人也上了当，觉得这个他根本没沾过的东西实是可恶，大大地连累了他。

但照我看来，这种举国上下大骂文化的做法，实在和唐·吉诃德大战风车一样的盲目，又和叫花子发狠要舍弃家产一样的荒唐。最近，为了建立一点儿合作的基础，我很费了一些气力来劝说某某剧组的一位作者，不知是我的激辩起了作用，还是事实说服了他，昨天他刚从南方回来，跑到干面胡同来对我说——确实像你说的那样，现在真是什么文化也没有了！

我只能干干脆脆地把目前的这种状态称为"无文化状态"。

我们确实有过一种文化，我们民族也确实就在这种文化的氛围中生存过几千年。我们当然应当去深刻地检省它，看看它到底在多大程度上使我们摆脱了未开化的野蛮状态，又在多大程度上使我们仍然陷于半开化的落后状态。但话说回来，不管过去的这种文化是让我们感到欣慰，还是感到遗憾，那毕竟只是书斋里的事了。在现实生活中,这种古老的东西早已不复存在了,充其量也只剩下了它被打碎后残留下来的一堆垃圾,以及那堆垃圾上悄悄长满的低等的毒菌。无可讳言,过去的文化之所以会土崩瓦解,那的确是因为它在本质上具有种种致命的弱点,正是这些弱点使它应付不了现代工业文明的猛烈挑战。不过,也正因为它所主张的价值观念、人生态度和社会规范根本适应不了现代生活的要求,早已被迫退出了现实世界,所以,我实在是看不出——那种只具有纯粹考古学意义上的古董究竟跟眼下中国人的生存状态有多大干系!

在旧有的文化失落和破败之后,我们也的确曾经在历史的断层中企望去建立一种新的文化。在"五四"新文化的高潮中,中国的伏尔泰们曾经大声疾呼过"德先生"和"赛先生",希望这个具有五千年高寿的"少年中国"能够实现价值立足点的根本转移——以现代西方的人文理性和科学理性为当下的社会重奠新基,使中国人能够得到一种足以适应现代生活的社会规范和价值准则。然而,值得惋惜的是,这种对新文化的殷切呼唤后来被民族战争的冲天声浪淹没了,以至于不少人居然当事者迷,分辨不清"五四"运动到底从本质上说来是一场新文化运动,还是一场单纯的"反帝爱国"运动。他们不是把"五四"运动与历史上的洋务运动和戊戌变法联系起来,认明我们乃是由表及里地逼近着现代文化,从而历史地引导出一条"物质层面→制度层面→精神层面"的求新指向,而是把它与此前的太平天国和义和团运动拴在一起,使其更具有排外主义的色彩,由此阻断了新文化运动应有的蓬勃发展势头。令人悲叹的是,在现代化的全球性天演大势之中,由于早已碎成齑粉的古代文化根本不可能重新粘合起来，所以，如果一种"爱国"的初衷只具有旧的涵意，它反而会最大程度地误国；因为这使我们不仅照样失去了本不该失去的旧文化，而且又使我们得不到本应得到的新文化。

这真是一种最没有着落的无根状态——就连那些非驴非马、非中非西、非古非今的临时性价值代用品，也都在刚刚过去不久的文化大扫荡中沦丧一空了。

也许可以勉强打一个足球游戏的比方。游戏规则并不像维特根斯坦所说的那样，只是出于一种任意约定，因为即使在这种表面上似无功利目的的活动中，到底还是隐藏着人类之最大限度地发挥和发展自身潜能的要求。正因为这样，规则就应该是可以改进和更替的，是应该朝着更合理的方向发展的，否则国际足联就不会成天研究新的章程了。但无论如何，在任何一场特定的足球比赛中，如果老的、新的规则都没有，甚至连裁判员本人都毫无章法方寸大乱，那么这场比赛是没有可能进行下去的，它只能演成一场巨大的球场骚乱。

人类社会也是同样样。任何一个特定的文化共同体，其奉行的价值准则和社会准则都应该毫无例外地受到理性的批判。因此，死抱住已经明显暴露出弱点的旧文化范式，是迂腐和不利于整个社会进步与人类发展的；相对于显示出了更多的合理性和对幻境的适应性的文化范式来说，这种抱残守缺的做法的确可以说是顽梗不化。但是，不管怎么说，如果旧的生活准则既失去了现实意义，新的价值尺度也同样被置之不理，那么，这个社会所能得到的就绝不是进一步的进化，而是大大的退化。在这样的情况下，由于任何文明都必须建立和维护的起码契约都已失效,人与人之间的关系就不可避免地要倒退到霍布斯意义上的前文明状态中的狼与狼之间的野蛮关系。

当我们听说一位姑娘被暴徒当街扒光衣服而围观者居然不动声色的时候,当我们听说公共汽车上的售票员为了验票而惨遭毒打但满车乘客居然只作壁上观的时候,难道我们还没有痛感到目前的这种混乱的"无文化状态"吗? 即使人们只拥有照康德看来是比较低下的并非自觉的他律道德,他们也不会堕落到目前这种全然不辨善恶的"看客心态"。然而,要是一个社会居然已经失去了维持其向心力的起码准则,或者它根本不打算去认真维护这种准则,你又怎么能埋怨人们为了自保而不得不遁入道德上的冷漠呢? 你叫一个人跳出来对抗一个黑社会?

还有,当我们听说整整一幢楼的博士在收入上都抵不上那位目不识丁的看楼大妈时,当我们听说拿手术刀者在进项上远不及拿杀猪刀者时,我们哪里还有什么心思再对这种或者那种文化去嫌好道歹呢?! ——那对于我们来说简直算是根本无福消受的奢侈品了! 当年由于操心于法国的未来,武夫如拿破仑,尚且不舍得让巴黎的大学生出城助阵,说"我不能杀金鸡取蛋"。所以,请原谅我的无知,我实在想不起历史上曾有过哪一个文明(哪怕是最畸形最短命的文明),居然拒绝向其大脑输送最起码的营养,而坐视它日渐萎缩和衰竭。这和拿刀砍自己的脑袋自杀有什么两样?! 这种完全不为明天操心的做法到底算文明还是蒙昧?!

真像那支满街飞扬的流行歌曲里唱的那样,我们"一无所有"——"一无所有"了！

高雅的中国古代哲人往往看不上法律，他们觉得法律的前提是把人人都当作恶棍来提防，而只有伦理道德才假定人人皆可被教化成尧舜，所谓"道之以政，齐之以刑，民免而无耻。道之以德，齐之以礼，有耻且格"。不管这种古代的理想是否应该被再三再四地诅咒，但它终究在眼下是与我们无缘的——人们早已卑劣得根本不配再来奢谈任何一种高超玄妙的道德境界了。

因此，我主张，鉴于目前的严酷现实，与其拿一些明知道大家都不会遵奉的听起来似乎高尚的道德信条毫无成效地苦劝，何如切实制订和健全一套只要违反必加制裁的最低社会准则来防范和限制！试举据说是社会风气不正之主要原因的"党风不正"为例：根本用不着另喊一套过高过严以致不可能动真格儿地去全面检查的党纪，而只要简单干脆地宣布一条：凡共产党员触犯了刑律，那就不仅不能像现在这样拿党票充当可以抵罪的"铁券丹书"，还要加倍量刑——该判五年的就判十年，该判十年的就判二十年，因为他除去犯了别的罪以外，还犯了伪誓罪，说明他在入党仪式上的信誓旦旦只是一种欺骗！这样，如果哪个党员觉得自己很想以身试法，他就可以事先要求退党；如果一个公民想要投机，他也就无论如何不敢把钻进党内当作取巧的捷径。要是真做到了这一点，尽管调子没有现在唱得这样高，但由于执政党可以切实洗去一些污秽，中国反而会干净得多，它的希望也就大得多！

当然，中国目前的真正困厄还不在于订约，而在于"约定而俗不成"。这还是像踢球一样，如果虽然有了游戏规则，但裁判员却有所左袒，该吹的装作看病见，没有犯规的却亮出红牌，那么这场比赛还是进行不下去。如果人类的社会共同体为了维持自己的存在而制订出了法律，却又明里暗里地亵渎它的公正性、严肃性和齐一性，那么，人心就会涣散，社会就会分崩，费厄泼赖的秩序还是建不起来。

也正因为这样，为了维护法律之神圣不可侵犯的至上威权，以从目前这种"无文化状态"中摆脱出来，我们就必须首先用"五四"新文化运动所呼吁的民主精神来"化"我们自己。因为事情明摆着——能够保证我们的社会契约不成为一纸空文的最终裁判，绝不能是哪一个个人，而只应该是每一个人；如果一个社会的全体成员并没有认真做好随时发动"护法战争"的心理准备，那也就直接鼓励了它的一部分成员去逃避法律的制约，破坏社会的纲纪。

只有到了我们有勇气去做到这一点的时候，我们才算是又开始有了一种文化——一种我们早在七十年前就呼唤过的"新文化"！

1988 年 12 月于千面胡同东罗圈 11 号

腐败与生活

《生活》周刊昨晚上打电话来，强要我诌一篇"准生活谈"。但我今儿早上打开电脑后，敲出的第一个单词却是"腐败"，不知会不会使编辑小姐犯难？

其实我总还是识趣的，并没有打算把文章写跑题，所以我紧接着又敲出了另一个单词"生活"，仍准备把话头紧扣着"吃喝拉撒睡"之类。

何况我也早已"岂有豪情似旧时"了，并不想一落笔就跟谁过不去，板紧哲学家的面孔来絮叨——"腐败的生活乃属非道德的生活，而非道德的生活乃属非人的生活"云云。我只想和读者聊聊家常，抱怨一番"腐败"眼下跟咱们的"生活"真是越来越过不去，无论在"衣食住行"哪方面都避之不及。

举例来讲，对于吃喝方面的"腐败"，小民们往往只盯着那些可望不可即的支票宴，而很少注意到在自己的日常起居中，"腐败"也照样大行其道。可依我的愚见，最要人命的还得数后者：要是"腐败"只意味着轮不到老百姓去大饭庄里胡吃海塞，总还不至于影响到大家的基本生活，甚至不耽误咱们去自寻一番小乐；而一当"腐败"意味着用地沟油炸成的油条（或者用漂白粉蒸出的馒头），那就逼得你连勉强度命都很困难了。

诗人杨炼最近连着回国两趟，就弄得朋友们为此而大伤脑筋。头一次是由他做东吃火锅，结果竟买来了一堆大牲畜肉，涮出了一锅无法下咽的黑汤和碎末，使我不得不败兴而归。第二次则由我回请喝茅台，没承想大家在从外到里研究了许久之后，仍只能权且喝下满肚子的狐疑，遂使我这偶一才敢为之的"豪举"，仍未能让老友尽兴而去。

所以，且慢教小儿们去习唱所谓"大腐败……中腐败……小腐败……"的民谣罢，还不如老老实实地问一句：咱们身边到底还有多少"不腐败"的呢？

这世道正好比"一篓子螃蟹"，你钳着我我夹着你，谁也拔不出脚来，整个儿成了一个"腐败"的连环套！比如你今天想出门去借书，首先就会发现咱们的图书馆已经"腐败"了，等它慢吞吞地把书取将出来，你还根本来不及看上几眼，就不得不先去买它专营的那种质次价高的盒饭了；于是，你会觉得还是自己掏钱买书更便当，可刚奔到书店不久又难免要嗟叹，咱们的学术界也早就"腐败"了，充斥在书架上那些堂而皇之的"专著"，实则多是"专为评职称而著"，其内容竟比崂山道士的斋饭稠不了多少；而若是尽力寻索之余，你碰巧还能购得一捆"干货"，却又会在努力搬运它的途中发现，咱们的祥子们也照样"腐败"得可以，他们对你的苦苦陈情绝无恻隐之心，只要道路稍稍不合其意，保准会"拒载你没商量"……

这还不算完！每当我驮着重物望家兴叹时，总又会恨恨不平地想起，咱们的新闻界也早已"腐败"了：有一家最负盛名的大报，连派个记者光临寒舍一趟都没来得及，就急着为我的"乔迁之喜"发了消息，说我从前要穿过整个城区才能赶到社科院，而今这种情况已大有改善，殊不知鄙人是搬到了"七环以外"，上班时不光要穿越整个城区，更要穿越大半个郊区……

所以我绝不是危言耸听：咱们这个生活共同体，如今的确已变成了"腐败"的泽国，霉烂之气直如汪洋之水一样弥漫，憋得人们倘不像鱼儿那般生出鳃来，竟连呼吸都很困难。想到了这一层，读者们就会体谅我何以要把"腐败"跟"生活"拉到一起了——它早已拥塞了咱们的每一个毛孔，构成了日常生活中最司空见惯的部分；没准儿大家早已对此太习以为常，反会觉得我这些正襟危坐的议论才是"大惊小怪"呢。

可我还是忍不住要发一声惊呼：偌大的一个文明古国，究竟能"如腐败何、如腐败何"呢？因为我毕竟还念过几页世界史，想不出哪个民族要是离心离德到这种程度，还会有什么前途？

追根刨底地说，最可怕的还不在于滋生了"腐败"这种病态的社会现象，而在于人们竟已对此"见惯不怪"的病态社会心理。前者尚可以说是人类文明进程的常见事实，而且尚可以依靠民意的力量来加以整治；而后者却只能说是咱们自家患上的独特顽症，弄不好真要使每个人都从心里往外烂掉垮掉的！

咱们身边的事情无论巨细，上述道理总是适用的。比如从小处讲，正像意大利影片所描绘的那样，"偷自行车的人"在任何社会都是难以杜绝的,这本身尚属正常;可要是"丢自行车的人"全都被逼无奈,只得到黑市里买一辆"脏车"回来,从而暗中鼓励和助长了偷窃之风,那这些人就无异于小偷的"同谋"了。再如从大处讲,正像国外传媒不断披露的那样,贪赃枉法的官员在任何社会都是可能出现的,这本身亦属正常;可要是哪位营私舞弊的"父母官"业经查明是犯下了足够坐一千年大牢的罪行,居然还能被堂堂正正地称作"同志",甚至大家还居然并不觉得这种称呼多么刺耳,那就同样无异于"硕鼠"的"同谋"了。

正因为这样,不管"腐败"怎样地浸透了我们的生活,我也决不能苟同那种论证其"正面功能"的荒谬说法。不仅从有形的资源来看,这种不正之风已经并且还在降低着行政效率、误导着宏观调控、败坏着投资环境,而且从无形的资源来看,它更带来了社会基本准则的丧失,以及由此导致的社会控制成本的加大。从这个意义上讲,我们才真是在"吃祖宗饭、造子孙孽"!因为任何社会共同体的发展,都必须依靠文化规范的无形支持,在它所允许的限度内进行,而我们现在竟要把祖传的文化传统"透支"殆尽,叫后人将来如何拯救"礼崩乐坏"的危局?

无论如何,即使暂无能力彻底清算这种消极的社会风气,大家也必须在心念上保持着对"腐败"的足够警惕——否则的话,中华民族就会连力挽大错的心劲儿都被毁弃了,咱们还谈得上"生活"么?

体育的畸形繁荣只是一种社会症状

有一番话，本也只是我为了借侃足球来谈谈公平（justice）问题，而在电视台的演播室里信口讲出来的，当时绝未觉得它有半点儿"刺激"。不料等录像带播出时一看，我却目瞪口呆地发现，它早已被制片人剪得一干二净了（直逗得一同看节目的朋友都为我的"不知天高地厚"而哈哈大笑）。我起初还不能相信这完全是由于"言路"问题造成的，只觉得人家也很可能是受节目时间所限。所以过了不久，当我又因为关切国人的认同感（identity）而借乒乓球运动来跟朋友神聊时，就不嫌絮叨地捎带着又把它重说了一遍。可万万没想到，等报纸把这篇对话刊登出来后再一看——整整一大版的版面中，什么东拉西扯的话题都给保留了，偏偏又只有这番话遭到了斧削。编辑大人们真够心有灵犀的！

这下子我可真有点儿不信邪了：我非把这番话专门再说一回不可，让读者看看它到底有没有点儿道理，或者这点儿道理究竟有什么大不了的叫人觉得"是可忍孰不可忍"之处？

话题是从"球运"或"棋运"跟"国运"之间的关系拉扯出来的。

寻常人们总是喜欢引用一句（似乎是哪位大人物讲过的）名言说——"国运昌，球运（就一定）昌"，而简简单单地在一个国家的体育发展水平与它的文化、社会、经济发展水平之间划一个恒等号。老实说，若是在正常的环境之下，这话原也不错，因为只要一个社会共同体的内部游戏规则足以保障人们充分发挥其体力和智力上的潜能，那么，这个国家就理应在各个领域中都齐头并进，从而造成"国运"和"球运"之间的正比例关系。正因为这样，人们眼下如此热衷于观看竞技体育，除了渴望看到精彩的表演之外，恐怕私下里都还或多或少地循着上述的逻辑，渴望看到自己所属的这个共同体表现出足以使其每一位成员都引为自豪的强大力量来。

按说，上述渴望绝对是无可非议的——有谁会觉得祖国越被人家瞧不起他自己就越舒服呢？那样的话，他自己的腰杆也难免会直不起来。只不过，我们当球迷当久了，却又不难发现，实际情况要比上面那个恒等式复杂得多。因为，正是鉴于人们普遍地把"国运昌，球运昌"这句话说得太顺嘴了，才使得有些比较容易集中调动资源的国家，往往会由政府来不惜血本地向竞技体育行业倾斜投资，试图反过来造成一种误以为"球运昌，国运（也必然）昌"的集体幻象。这样一闹，在一个国家的体育发展水平和其文化、社会、经济发展水平之间本应具有的正比例关系就被歪曲了。别的不说，只要拿当今世界上的奥运金牌榜和国民人均收入的排行榜、拥有诺贝尔奖金获得者数量的排行榜等等稍作对照，我们就不难看出——在"球运"和"国运"之间其实早已不存在真正足以相互印证的关系了。

也许有人早已在这方面悄悄地打过小算盘了：搞意识形态工作

也总是需要投资的,所以即使在"球运"和"国运"之间并不存在真实的对应关系,但只要竞技体育的发达还能在国民心目中造成这两者间的虚拟象征关系,从而能够借此加强和维护必要的民族向心力,那么费点儿劲搞所谓"金牌战略",也就算不上是把钱扔到了水里。然而,事情若果真这般简单这般有效,那我们也就没有多少话好说了。只是,大家若再回顾一下苏联和东德那种"昨天还在竞技场上高奏国歌、今天就已在联合国前降下国旗"的悲惨情景,心里便不免会为之一惊——在体育的繁荣发达和国家的兴衰荣辱之间居然还会有如此大的反差和背离! 这一下可就不是闹着玩儿的了:其实谁也没去指望过真能够"玩球兴国",但总不至于竟有人甘愿看到"玩球误国"的罢?

想到这里,也就自然会引申出那个我在此前已经讲过两遍都没有发表出来的话题来了:事实上,在某种特定的场合,在"球运"和"国运"之间不仅不存在如影随形的正比例关系,倒会显示出南辕北辙的反比例关系。此论乍一听似有点儿怪,但大家却不必诧异,且容我慢慢道来:假如某个国家一方面(由于总是惟恐人家疑心自己的国运不昌而)特别舍得向竞技体育行业投资,另一方面又(因为无法在其他领域保障施行公平的原则而)使得人们特别容易在(毕竟是跟国际接轨的)运动场上出人头地,那就自然而然地会诱使人们倾向于选择以竞技体育为业(正所谓"良禽择木而栖"也),从而造成这个国家在体育方面的超前发达;故此,一个国家中越是有太多的孩子想要到未来的运动场上去撞大运,从而它的"球运"越是相对于其他行业而显示出畸形的繁荣,其实也就越恰好说明这个社会共同体的内部规则和运作机制在什么地方出了大问题、大毛病,所以其

"国运"也就越可能趋于衰落颓败。正因为这样,我们就千万别再一味追求当什么"泱泱体育大国"了;相反,最为要紧的是,国人倒是理应好好反省一下——目前上上下下对于体育的盲目狂热,是否恰好是跟在那些"国已不国"的殷鉴后面,表现为某种"社会病"的严重"症状"?

具有讽刺意味的是,目前竟连最具有"同一起跑线"的体育界也总要频频地闹出点儿"爆炸性新闻"来了:一会儿是何智丽,一会儿是马家军,一会儿又是辽宁足球队,总有运动员在不断地抱怨这样那样的"不公平"待遇。但说句良心话,判定"公平还是不公平"的标准其实从来都是相对的,倘若其他行业的从业者们能在"机会均等"方面享受到眼下运动员们已经享有的一半儿"公平",则大家都准要齐声"山呼万岁"了。当然,我在这里绝对不是在安慰运动员们应该就此知足而不必再思进取,因为国内体育界的内部规则确实还有待于进一步地合理化。但话说回来,无论体育竞技场如今还有多少不能尽如人意之处,我们也总该承认,它毕竟已经在众目睽睽之下进化得比其他的社会竞技场文明得多了(那些地方才是"看不见的战线"呢)!所以,如果连在我们这个社会中最为受宠的运动员们都还觉得"公平"难保,则其他人的遭遇也就可想而知了。由此看来,我们这个社会还真是病得不轻;而且,如果它不能为此而痛下决心吃一帖治本的猛药,则不管怎样借体育金牌来替自己涂抹"遮盖霜",到头来也终是难掩病容的。

1994 年写于北京古城

"五四"那天早上

　　仿佛普天下都忽然记起了一九一九年五月四日的那场风潮：有关它的稿约和开会通知纷至沓来，大有榨尽脑汁之势；有的编辑竟还先把稿费送来，强作买文的定金。

　　当然应该写。无论从什么角度看，"五四"那天都是中国现代史的一次重大转折。不过，更使我怀想记念的，倒不是那天下午轰轰烈烈的壮举，而是那天早上的一件几乎不为人知的小事。说来也巧，蔡元培先生七十年前住过的遂安伯胡同，与我眼下临时借居的干面胡同只有几步之遥。所以，虽说余生也晚，来不及亲瞻这位伟大教育家的素为人所称道的气度风象，我却总觉得他离我很近，好像就在门口走着。由此我想，"五四"那天，这位从不忍心坐人力车的学界泰斗，一定也是从这里走向马神庙北大第一院的罢？

　　那么，他去干什么呢？这使我很费捉摸。看来，中国人太爱"为贤者讳"了，经历过"五四"的人，多含含混混不肯讲清蔡先生那天上午的所作所为，似乎生怕给他抹上一个"政治污点"。所以，只是经过了对有关回忆录的仔细甄别之后，我才费大劲弄清了一件小事——这位被誉为"五四"运动之"护法"的老同盟会员,那天早上偏偏是去劝阻学生冲上街头的。

这使我大为震动。要知道,蔡先生绝非胆怯惜命之辈,事情真闹出来了,他为了营救学生,竟"愿以一人抵罪",何等的英气凛然。如蒋梦麟所云:"先生日常性情温和,如冬日之可爱,无疾言厉色。……但一遇大事,则刚强之性立见……故先生之中庸,是白刃可蹈之中庸,而非无举刺之中庸。"他当然更不会从道义上反对学生的爱国之举。事前他曾对学生说过——"政府不善,学生得纠察之";事后他又对学生说过——"仆深信本月四日之举,纯出爱国之热诚。仆亦国民之一,岂有不满于诸君之理?"

但细细想来,这件事又并不是那样的匪夷所思。他确乎有理由不愿意看到事态的闹大。据当事人回忆,他在那天上午赶到学校后,曾沉痛地劝止学生们:"示威游行并不能扭转时局。北大因提倡学术自由自由,颇为守旧人物和政府所厌恶,被视为洪水猛兽。现在同学们再出校游行,如果闹出事来,予人以口实,这个惨淡经营的北大,将要首先受到摧残了。"(张国焘:《我的回忆》,第一册,第51页)

大勇者也有他害怕的事,那正是——鱼死而网不破。

他是太爱自己的北大了,甚至超过了自己的生命。出事之后,他曾经说过:"如危及身体,而保全大学,亦无所不可。"但也正因为此,他的确害怕出事,害怕以任何借口推倒校园的围墙,害怕用任何理由采伐他尚未成材的幼林。他不得不一再强调学生的天职,要求他们"救国不忘读书",甚至认为他们即使是因为爱国而牺牲学业,其损失之大,也"几乎与丧失国土相等"。

而这样战战兢兢地维护着学生的每一张书桌,实出于一位教育家的本能。大学是他的武器,他只有忍辱负重地保全它,而不敢图一时之快地葬送它。因为他给这个社会开的是一剂治本的缓药,这药若想真正见效,就需要时间,而他毕竟还只当了短短二十八个月的北大校长,还来不及真正施展自己的抱负。

蔡元培是出名的"性近于学术而不宜于政治",所以我一讲到"百无一用"的书生之抱负,就疑心有人会窃笑。但如果我们想到身为教师的孔子和苏格拉底,就会发现教育家其实志不在小——他们当真要教出一个文明来呢!在他们所传播的文化范式中,不管是科学家、文学家,还是政治家、军事家,都只能是他们精神的儿子。由于教师地位的每下愈况,我们现在简直一想到教育家就想到将死的"春蚕",想到成灰的"蜡炬"。有谁知道:教育家本来不止在奉献,他们曾有过令人目眩的个人事业!

只不过,教育家的伟业,并不孕育在铁马冰河之中。不管外面的气氛如何,他们都需要用高楼深院围出一种相对平和、自由、宽容、超越的研讨学术的空气。和社会相比,一座高等学府永远应该有它相对独立的运作规律和评判标准,有它"宁静致远"的发展要求。蔡元培之所以下车伊始就宣布"大学者,研究高深学问者也",之所以要把"仕而优则学"的京师大学堂改造成"学而优不仕"的最高学府,道理就在这里。

陈独秀曾经说过,蔡元培顶可令人佩服的地方在于:"自戊戌政变以来,蔡先生自己常常倾向于新的进步的运动,然而他在任北大校长时,对于守旧的陈汉章、黄侃,甚至主张清帝复辟的刘师培,都因为他们学问可为人师而和胡适、钱玄同、陈独秀容纳在一校;这样容纳异己的雅量,在习于好同恶异的东方人中实所罕见。"陈仲甫以新文化运动主将的身份,却盛赞蔡元培包容新、旧学的雅量,真可谓知人至深。

从长远的观点来看,只有蔡元培的所谓"无论何种学派,苟其言之成理、持之有故,尚不达自然淘汰之运命,即使彼此相反,也听他们自由发展"的主张,才给了中华民族以真正的可能性;那便是——在精神的对打与超升中逐渐培养出生机勃勃的文化造血机制和内在冲动,从而创造出新的文化整一性,来克服斤斤于"东、西"的文化相对主义。无论多么艰难,中国文化的现代形态乃至于未来形态的价值核心都只能源出于此。大学越超然于现实,越会给社会带来超越之可能。

可惜,这种辉煌的可能性只在历史的某个瞬间闪耀过。内忧外患,很快就把远未学成的热血青年推向了前台,他们"连请带推的将蔡校长拥走","在一片欢呼声中,蜂涌的向天安门出发了"!

人去校空后,我真想知道蔡元培先生的心情。

青年人的行为当然有青年人的理由。然而这理由说到底只因为他们是国民,而非因为他们是学生。所以,身为国民的蔡元培服从了他们,身为教育家的蔡元培又同样有理由希望他们服从自己。他搞过革命,甚至还制造过炸弹,但他仍然认为,学生应以求学为最大的目的,因为"救国之道,非止一端,根本要图,还在学术"。我想,他在随后的辞职启事中发出的那声"我倦矣!"的长叹,明显道出了他作为教育家的失望。

蔡元培的这种看法,可以说是最典型的"教育救国论"。多年以来,它和种种其他的"科学救国论"、"实业救国论"一起,被毫不犹豫地抛弃了,就连高喊着"出了研究室就进监狱,出了监狱就进研究室"的陈独秀,也终于从研究室出走而一去不返。似乎任何想以自己所擅长的独特职业角色去更有效地参与社会的做法都是多余的,而社会也居然不再需要复杂的分工,因为只要全民族一起信奉"马背救国论",就万事大吉了。

可我还老是记得"五四"那天早上,记得这件极少被人提起的小事。只要我觉得哭笑不得的时候,就每每代之以一声由衷的慨叹:要是人们当初能在蔡先生门下多读点儿书该有多好啊!

中国怎么就再也出不了蔡先生这样集立德、立功、立言于一身的伟大思想家呢?贤人远引,总是令人怆然想起《毛诗》里的呼唤与祈求——

> 皎皎白驹,
> 在彼空谷,
> 生刍一束。
> 其人如玉,
> 毋金玉尔音,
> 而有遐心!

"新文化运动"断想

——写在"五四"七十周年纪念日前夕

一 寻富求强之路

鸦片战争,使中国人心目中的以天朝为中心的世界秩序土崩瓦解了。现代工业文明逼迫着对于传统儒家价值观念的重估。

面对一个不可能被同化的战胜者,中国人无可选择地谋求着自身所属的社会共同体的"进化",以加入到"适者生存"的天演大势之中。但由于应战的武器偏偏必须谋之于挑战者,寻富求强之路就空前迂回曲折。

洋务运动是中国最早的工业化尝试,中国人借此才能进一步窥得现代西方文明的奥秘。但甲午一战证明:被洋枪洋炮轰开的国门,决不可能再借之堵上。

军事改革和经济改革必须与政治体系改革同步,早在上世纪末前驱者们就已认识到了这一点。而戊戌变法和辛亥革命则共同显示出走向现代国家的越来越急切的努力,兆示着中国的现代化行程业已抵达制度层面。

但维新令人惋惜,共和令人失望。民主政治必须得到必要的文化前提和国民基础。

二 中国的伏尔泰们

自强步入了第三个阶段——把思想更新作为时代的任务。现代中国的主题乃是不断演变的:为了克服现代化进径中的文化心理路障,中国由艺而政、由政而教地走到了从事观念现代化的新起点。

于是自强已不再意味着狭隘的"保教"。从何启、胡礼垣对民权的伸张,到康有为对孔子思想的新诠,谭嗣同对传统礼教的呵骂,梁启超对"新民"的呼唤,都早已或隐或显地反映了泊来的价值尺度。严复针对"中体西用"而提出"牛体安有马用",并认为应以"自由为体民主为用",更预示了文化立足点的革新。

陈独秀最鲜明地打出德、赛两先生的旗帜,标明中国人已开始借现代世界普遍尊奉的人文精神和科学理性来改造本土文化基因。尽管当时人们对此所知尚少(而且正因此才会立论过激),但只要循此追索,当可使中国现代史获得内在的冲动,并逐步达到以新的文化整一性来克服斤斤于"东、西"的文化相对主义,而这才是现代中国最深刻的主题。

新文化的另一主将胡适在创造新的文化传播工具、新的思维方式、新的文科学统方面,均功不可没地开风气之先。

三 新文化的圣地

蔡元培以开民智、树新人的教育事业为立国之本。在为新的价值观念缔造新的心灵载体的同时,这位伟大的教育家也正是努力去教导出一个崭新的文明。

"兼容并包"的教育方针使新、旧学翘楚均得以云集北大,从而很快将"仕而优则学"的京师大学堂改造为"学而优不仕"的最高学府和自由王国。而在大学高墙所保护的大胆怀疑和独立识断的研究空气中,立志毕生以学术为业的人们,开始对传统文化和现代文化均进行学理上的研讨。初生的新文化由此而获得了自身的造血机制和超越可能。

在北大活跃而严谨的学术氛围中,新学在与旧学的激荡中渐趋成形,并赢得了涌向这里的越来越多的英才。红楼作为团体林立、刊物繁多、各种思潮彼此争鸣的思想大本营,以其高度自由开放的独特魅力,成为新文化继承者们永远心往神追的圣地。

历史在此刻曾经显示出辉煌的前景,令后人回味无穷,嗟呀不已。

四 "政府不善,学生得纠察之"

可惜,当时中国之大,竟安不下一张平静的书桌。山东问题同时反映出中国所面临的内忧与外患:在巴黎和会上,"公理"之所以输给了"强权",盖因腐败的军阀政府竟对卖国密约"欣然承诺"!

本来,新文化的自身发展,要求倾全力去汲取新的思想营养和改善社会心理素质,故此非但陈独秀说"批评时政非其旨也",胡适更是"打定主意二十年不谈政治"。但在一个"普力夺"(Praetorian-ism)社会中,恶浊的政治空气又使人们无往不感到气闷,所以每个对"天下兴亡"有所忧虑的社会成员又都势必竭力推动政治文化的发展与清明。蔡元培勉励说:"政府不善,学生得纠察之!"

重要的并不在于一次火烧赵家楼的激奋行动,重要的是在"强力拥护公理,平民征服政府"的过程中,形成了以北大师生的社会关怀传统为代表的、新型知识分子的积极参与意识。中国刚刚处于建立过程中的新型价值系统强烈要求对与之太过背离的落后政治文化进行匡正。

知识分子开始以独立姿态切入社会生活,勇敢地肩负起中国的运命,这说明新文化运动已开始使中华民族在精神深处得以"自强"。

五 新文学的奠基者

由知识精英所领导的广泛政治参与活动,壮大了新文化运动的声威,促进了它的普及。由"文学革命"肇始的白话文学运动,最有力地促进和反映了这个漫长的全民族心理的转换过程。

尽管备受时代落差的困扰,但终究"听了将令"的鲁迅以其特有的深刻从事着国民性的改造。

茅盾、沈从文、巴金、叶圣陶、老舍、曹禺、郭沫若、徐志摩、闻一多、戴望舒、艾青等,或追求个性解放,或抒写内心波折,或描绘社会场景,或刻画众生心态,共同创造了新文学的小说、戏剧、诗歌诸形式,使之从"尝试"趋于成熟,成为中国文学创作的主流。

新文学以其艺术成就精练和丰富了白话文;而更易与西文转换的日渐定型的白话文,又推动和显示着中国人思维方式的现代化进程。

六 不断启发民智才能根本拯救民族

诚如费正清所云："中国的近代史就是两出戏剧——第一出是扩张的、进行国际贸易和战争的西方同坚持农业经济和官僚政治的中国文明之间的文化对抗；第二出是从第一出派生出来的，它揭示了在一场最巨大的革命中所发生的基本变化。"历史的复杂性悉出于此。

既要向老师虚心学习，又不断受到老师的欺凌，既要推倒闭关自守的长城，又要用血肉筑起新的长城，另外，既发现了老师的高明之处，又觉悟出老师也有困惑之处——这种两难的处境使得在排外主义和爱国主义、民族自尊和拿来主义之间的界限相当模糊。在强烈的民族主义情绪中人们最容易忘记：只有不断启发民智，才能从根本上拯救我们民族，只有继续取西法以自强，才能赋予爱国主义以切实的内涵。

建立民族国家从来都是走向现代化的第一步。在强烈的外来干涉下，中国当时的历史任务或许只能是增大社会共同体的向心力，所以无论孙中山还是毛泽东都面临着整合"一盘散沙"的困难使命。但此中阴错阳差的却是：由于思想批判的任务远未完成，所以那种要求社会成员获得认同感的价值内核仍然是经不起推敲的。

正因为这样，国外和国内的学者们才把中国近代史的这种困境概括成"救亡压倒启蒙"。不管对于这种观点还存在多少争议，但它总是警策地提醒了"五四"的未竟任务。

七 赛先生如是说

发人深省的是："五四"虽已过去了整整七十年,但科学的精神在中国的地位仍属悬而未决。

在现代世界上,发达国家和欠发达国家的更本质区别,并不只是表层地体现于"人均 GDP",而更其在于科学精神是否已经深深浸入文化的价值核心,后者乃是检测综合国力的内在指标之一。

我们的各项国策并未能够真正建立在科学论证的基础之上。因此,重要的就并不在于针对某种具体的失误来头痛医头,而在于针对国策的制定过程本身进行更深层的检省。

相对而言,社会科学的重要性比自然科学的重要性更加难以被清醒认识,以至于大量的遵命文章并非是在研讨治国方略,而仅仅是在替长官的主观决断做违心的论证。倘若"到底研究在前还是决策在前"的问题或者干脆"究竟谁教谁"的问题在这个领域不能有切实改观,中国必将因此而付出惨重的代价。难道马寅初的悲剧还非得重演不可吗?

必须强调:科学的重要性,首要并不在于它是一种生产力(哪怕是所谓"第一生产力"),而在于它代表了一种对于外在事实及规律的尊重态度和追索精神。正是在这个意义上,"五四"还不可避免地仍要在我们这里继续开展,因为那场新文化运动所渴望建立的、作为立国之本的科学理性和知识本位,在当今的社会中仍然立足未稳。

八 德先生如是说

十年劫余，人们的思想兴奋点普遍地集中在"五四"的老话题——"民主"上面，因为他们痛定思痛：哪怕是具有再"残缺不全的"民主，也决不会在神州卷起那样的罪恶狂飙，对几乎每个人的尊严和权利进行空前扫荡。

所以，决不能拿"残缺不全"当做拒斥德先生的借口。人类的制度创新能力应当是无限的，民主并非绝对理想的政治制度。不过，应当从"文革"得出这样的教训：尽管人们在民主制度下也照样会犯错误，但一旦缺乏此种制度，他们就并不具备迅即改正已犯错误的基本手段。

"五四"先驱们所呼唤的民主，并不仅仅是一种国家形式。它具有更深层的文化含义：在为现代国家普遍遵从的这种政治制度背后，深蕴着尊重每个生存者之权利和意志的绝对道德律令。现代国家首先奠立在现代公民的基础之上，而民主正是这些公民为了保障自身自由才彼此订立的游戏规则。

但自由的理念又必须外化成民主的国家形式，否则基本人权就无法得到保障。甚至在刚过去的"大民主"中，大多数人的自由还会遭到"大多数人暴政"的空前践踏。因此，决不允许以任何借口去破坏现代法制国家的基本准则。一个社会共同体中法律制度的完善程度以及被遵守和维护的程度，乃是检测它是否完成了现代化的主要标尺。

人们往往误以为，既然政治现代化路途漫漫，既然中国人还不习惯行使自己的民主权利，就不妨把民主这一课留待以后再补。他们为什么不转念去想：恰恰由于在这方面尚有大量的未竟工作，"五四"所遗留的任务才更加紧迫？

德先生和赛先生分别标明了人类在自然领域和社会领域所获得的相对自由，忽视其中任何一位，都算不上是全方位地走向现代化。

九　知识分子的盛大节日

黑格尔曾把法国革命比喻为一次灿烂的日出。在现代中国最优秀的知识分子心中，"五四新文化运动"的兴起也正如旭日的初升。有了这场运动，他们才有理由把古老的旧邦称作"少年中国"。

在推动中国走向现代化的艰苦道路上，中国一代又一代的知识精英，在缺乏社会中间层的剧烈震荡历史中，在极度贫寒困苦的工作学习环境中，七十年如一日，从各个方面和各种角度从事着文化建设。

他们心中未泯的希望，正是整个中国未泯的希望。即使在经济转轨过程使得他们空前相对贫困化的今天，他们也仍然是改革事业最可依靠和信赖的力量。

他们所代代传承的价值理念，一直激励着他们战胜自身的惶惑和迟疑，从知识和理性出发，整合辉煌而又沉重的传统、摆脱完全处于文化失范状态的现在、走向中国文化现代形态的未来。

正是在这个意义上，"五四新文化运动"，便是百余年来中国历史中最伟大的事件之一。它深可庆幸地使中华民族获得了新的头脑。

也正是在这个意义上,五月四日这一天,就并非笼而统之的所谓"青年节"。确当地说,它更应是"学界节",是"知识分子节",是中国现代的志士仁人永远值得为之兴奋自豪的盛大节日!

1988 年 8 月 15 日

价值传统的积极面

（讲演稿）

在以往的岁月里，人们都是只看到了传统文化的消极面，于是就把它简单视为发展的阻力，或历史的包袱，而正是本着这种片面的认识，才会出现愈演愈烈的、一直闹到"文革"的文化毁弃，并就此酿成了整个文明的大倒退与荒漠化。

即使到了现在，就算已经在文化的废墟上出现了作为反弹的"国学热"，可是如果就潜在的心理而言，人们也还只是在遭遇到了"文化毁弃"的报复之后，才从一种否定的意义上，消极地看到了随着传统消亡而来的文化失范，并由此觉出了传统还是不容小觑的。

正因为这样，才会出现把儒学价值只看成一种"私德"的说法。说到底，这还是从"西体中用论"中推演出来的，还是在认定唯独西学才有普世的价值，却竟视而不见本土文化的主体性，特别是，未能看到在中国传统的精神资源中，也同样存有对于制度文化进行建构的潜能。

所以在我看来，这一切都还远远不够。——我们还应更进一步地指出，还要看到"价值传统的积极面"，看到它曾经对过往文化生活所进行的范导，以及它可能对当今乃至未来生活所进行的建构。

无论如何，如果只看到历史进程中的"路径依赖"，文化传统之于我们就注定要显得过于消极，就像是迫不得已才背在背上的沉重包袱——哪怕这包袱被发现一时还甩不掉。然而，如果从过去的历史轨迹中看到了价值，那么这种作为思想资源的精神传统，就转而会显得积极主动，就反而成为我们上升的动力。

这一点，正如我以前曾多次论述过的，长期激进统治所造成的惨痛教训，和由顾准所率先阐发的、源自经验主义一系的社会思想，都有助于我们幡然悔悟地认识到，对于任何具体的文化共同体来说，让它生机勃勃起来的动力，都不仅在于革新和发散的力量，也同样在于聚敛和保守的力量，特别是这两者之间的动态平衡。因此，无论短少了其中的哪个维度，都构成不了维持一个共同体的"必要的张力"。

而由这一点出发，也就自然引出了我反复表述过的一个判断，在已经悄然逝去的那些岁月里，即使享有过儒学的价值范导，古代生活也并非无懈可击的，这才使得人们在遭遇西方撞击后，不觉要迁怒于自家的传统；可到了正在煎熬我们的这个年代里，一旦失去了儒学的价值范导，当代生活竟被发现一无是处，使得大家又不觉想起了传统。

应当看到，中国独特的价值传统，其积极意义首先在于，它对收拾这个共同体中的人心，终究被证明还是最有效验的。——作为一种"无宗教而有道德"的文明，一方面，它的价值内核可以在正常生效时，去支持亟欲为西方进行启蒙的伏尔泰，而另一方面，一旦这种内核在激进主义的逻辑下惨遭毁弃,它偏又从当代生活陷入的巨大困境中,反而更清晰地验证出自己的历史效用。

进而,中国独特的价值传统,其积极意义还又在于,它既然属于"四大圣哲"之一在轴心时期的辉煌创造,那么,到了举世都在吁求"文明多样性"的时代,它也就正是最要着力保护的精神资源。——反过来说,倒是它在保卫和护佑着我们,因为再没有别的什么东西,会像一个涵义深邃的价值系统那样,对于人生显出影响深远的建构力量,教导出一个长期递相授受的文明。

复次,中国独特的价值传统,其积极意义还又在于,它在后殖民主义风靡一时的年代,还是我们寻找主体性时的意向指归;而反过来说,又只有在这种主体性的基础上,才可能寻求到我所寻求的"中国文化的现代形态"。——这种提法意味着,这种文化形态既应是"标准现代"的,显出了对于全球化的汲取与适应,又须是"典型中国"的,显出了对于历史传统的激活与继承。

最后,中国独特的价值传统,其积极意义更其在于,它在这个诸神纷争的全球化时代,乃是属于整个人类的、最富普适意义的精神财富。——时至今日,即使到了各种价值理性都经由艰苦的翻译,逐渐成了摆在我们面前的思想选项,我们也看不出还有别的哪个意义世界,包括西方那个正在崩塌式微的宗教世界,可以取代这个理性主义的、和平主义的和现世主义的价值形态。

这种源自"先秦理性主义"的价值传统,既最为贴合人间的常识与情感,亦不跟现代科学发生任何深层的抵牾,却又不失心灵与境界的超拔与高明。正因为这样,这种"不语怪力乱神"的价值形态,就理应可以在未来的传播中，去启迪全球范围内的人类社会，即使在甩开了神学拐杖之后，仍能保持整个社会的道德水准，和保障文明历程的永续发展。

到了现在这般田地，我们更能稍微全面一点地看到，在过往的文明进程中，从来就存在两种相互对冲的力量，它们一个在拖拽着历史下沉，另一个却在牵引着历史上升，一个在腐蚀的共同体走向发散，另一个却在凝聚的共同体走向一体——由此我们的文明才达到了健康的平衡，和动态的张力。

由此放眼来看便会发现，其实早从孔子那个时代开始，人们就已在不断地惊呼世风日下、人心不古了，所以，如果不是同样也是从那个时代起，有识之士就不断地挺身而出，来以文明的价值来约束和感化大家，从而范导出了具有道德规范的生活，那么，在任凭下坠的力量来主导历史的情况下，中国人的精神状态早都步步退化成类人猿了！

在这个意义上，我们才能真正理解"天不生仲尼，万古如长夜"的说法，知道那句老话并没有任何夸张，而不过是陈述了一件简单的事实。同样地，还是在这个意义上，我们也才能体会眼下从民间涌起的"国学热"，它正像那句"礼失求诸野"的古语所讲的那样，是在普遍地，甚至下意识地在呼唤着潜藏于这个文明底部的上升力量。

只有从这一点出发，我们才能对未来获得坚实的信念。——如果说，正是对于过往生活中的积极力量或积极侧面的毁弃，才造成了当代社会的急剧崩解，和当代历史的急剧坠落，那么，迅速果决地、心悦诚服地去恢复具有积极意义的传统，也同样有可能"触底反弹"地托举起今后的历史，至少是为后人再去托举它制造出相应的文化根基。

事实上，在当今这种几近绝望的文化荒漠里，哪怕只是又促动人们能够生出"物极必反"的信念，从而对于未来再抱持谨慎乐观的展望态度，这本身都已经是在证明"价值传统的积极面"了！

在这个意义上，我们眼下正站在其上的历史立足点，才的确有可能化作另一轮历史发展的关键转折点——它将预示着历史进程的转而上升，它也将推动着文明运势的贞下起元，只要我们能在当前的国学热中因势利导，更重要的是，只要我们能够充分认识、平心承认和努力发挥本土价值传统在历史建构方面的积极意义。

2014 年 8 月 18 日起草于吴中水哉台

2014 年 10 月 1 日定稿于清华学堂

欧阳修的文学主张

唐宋两朝的文人，大体说来是更醉心于艺术创造，而不遑对之进行理论探讨。我想这对于当时的艺术家们而言，其实未始不算一桩幸事。或许刚好由于他们对于艺术并无太多的理念困惑，反能更专注地履践古人曾经向往过的审美理想。不过，对于后世的某些以爬梳"中国美学史"为业的学者们而言，古代艺术哲学于近古时期的这种突然"中断"（或者至少我们可以说它是"中落"），却不免令其大失所望。当他们振振有辞地叙述完先秦和魏晋的美学体系之后，却竟意外地发现，这种思想体系非但没有如他们预期的那样节节上升，反而日渐式微起来了。所以，就算大家还愿意坚持沿用前面的套路去续写"美学家列传"，也必见得真能从唐宋之际翻拣出几部系统的美学专著来——而且扪心自问：即便硬着头皮"提携"几位古人来当"美学家"，就真能借他们在这方面所达到的水准来反映出当时文化高涨的实情么？

这其实牵涉到了一种更为宏观的"理论视角转换"。其实若依我的愚见，就连"中国美学史"这门学科能否成立，都还有待商量呢。

说到根基处，一种学说如果要有一部层层递进的历史，那它必须在构成其内在动机方面充分满足下述两方面的条件：其一，其开山确实向后世遗留下来了许多必须重新廓清的难题，从而使这门学科确实敞开了某种发展的可能性；其二，这类遗留下来的难题又确实在后学心中造成了永恒的紧张，迫使他们必须不断试图重新解答它。以此观之，设若在中国古代的艺术哲学中并不存在或很少存在此类疑难及紧张，则古人对艺术的反思就并不注定非得显出"历史发展着的"进化线索，从而"中国美学史"这门现代学科也就未必真的有理由设立。当然，对于如此复杂的方法论问题，我并没有打算在这篇小文中详细展开。而眼下我所以觉得非提它一笔不可，只不过是为了能跟读者们达成这样的共识：如果在最爱议论的宋人那里，中国古代的美学思想也未曾得到更系统的展开，那就不能再将其归咎于当时的人们有否理论思维的能力或兴趣；实际上，他们根本就未尝想到过要把古代美学当成一枚酸果来消化，因为这种观念并未使之感到多少抽象思维上的困惑，而不过是激发其艺术灵感的源头。

　　只有在这样的认识前提下，我们才能试着把一把宋代文论的脉。而我们所以要选择欧阳修稍作解析，则又是因为他的案例正好可以说明上述想法。尽管作为一位卓有成就的文学大师，特别是作为北宋文坛的领袖人物，他不可能不就文艺问题发表一些议论。但我们却应当记住，他当初绝未想到要在艺术理论方面下什么苦功，而去写出匠心独运或者面面俱到的专著来；那些散见于其文集中的文学主张，实不过是作为其艺术实践的副产品，在某种特定的场合下脱口而出的。所以，一方面，我们若是仅仅从纯粹美学的角度去阅读他，就很可能会脱离了他当时的具体语境，而领会不出他那些话的所指；另一方面，我们若是不能把他这些主张融会贯通，仅仅外在地罗列若干要点，则又会使它们彼此之间显得很难协调。

欧公最爱议论的话题之一是"道和文的关系"，即"作品中的伦理内容和审美形式之间的关系"，我们的爬梳也不妨由此开始。不待言，在中国古代的美学中，这个话题已经是老而又老了；人们围绕着它一再地发表高论，却大抵脱不出孔子所谓"尽善尽美"、"文质彬彬"的理想——盖因这种理想至少对他们而言并未构成什么问题。所以真正构成了问题的地方惟在于：理想归理想，宋初文坛的时尚却早已滑向"文胜质"的一偏去了，而盛行着"务以言语声偶（执）裂"的险怪奇涩的"太学体"。由此不难想见，既是处于这样的背景下，志乎古道、推崇韩文的欧阳修，就少不得要去旗帜鲜明地排抑所谓"穿蠹经传，移此俪彼"的形式主义文风，特别是所谓"一有工焉，则曰吾学足矣，甚者至弃百事不关于心"（《欧阳文忠公集》卷四七）的浮薄士风了。他大声疾呼要重道以充文，劝诫大家"道胜者文不难而自至"，足可以"中充实则发为文者辉光"；而设若去就文求文，如"后之惑者，徒见前世之文传，以为学者文而已"，便难免要"愈力愈勤而愈不至"了。同样地，在谈到书法艺术时，他也发表了所谓书品应取决于人品的观点："古之人皆能书，独其人之贤者传遂远。然后世不推此，但务于书，不知前日工书随于纸墨泯弃者不可胜数也。"（《欧阳文忠公集》卷一二九）

话虽如此，大家却幸勿误解这位"醉翁"，以为若依他的主张又免不了要弄到"质胜文"的另一偏去。其实我们若对他的话体会深了，竟不难发现：他虽然持道本文末之论，却未尝丝毫菲薄文章之"末事"；相反地，他所以要苦苦劝诫人们要"先立其大"，恰是由于他自信在传授着写诗作文的终南捷径呢！他在《代人上王枢密求先集序》中就说过这样的话："《书》载尧舜，《诗》载商周，《易》载九圣，《春秋》载文武之法，荀孟二家载《诗》《书》《易》《春秋》者，楚之辞载《风》《雅》，汉之徒各载其时主声名文物之盛以为辞。后之学者荡然无所载，则其言之不纯信，其传之不久远，势使然也。"我们从中当可体会其真正的用心所在。实则，从其内在的动机观之，他有这种念头是一点儿也不奇怪的：这位文坛巨匠倘无强烈的写作冲动，希望借完美的形式化来实现自己，又哪里会连在马上和厕上都惦记着著文炼意呢？

而我们如果进一步追问：这种舞文弄墨的冲动究竟源自何处，则会发现一个很简捷的答案——在中国古代特定的人文传统中，欧阳修是跟别人一样，毫不迟疑地继承了《左传》上的所谓"三不朽"的说法，而希望凭借文名的流传来敌御和克服自身生命的有限性。下面一番话，正可以作为他的夫子自道："众人之中，有圣贤者，固亦生且死于其间，而独异于草木鸟兽众人者，虽死而不朽，逾远而弥存也。其所以为圣贤者，修之于身，施之于事，见之于言，是三者所以能不朽而存也。"（《欧阳文忠公集》卷四三）由此我们就不难联想到一件趣事：其实当中国古代文人欣然命笔之时，竟都和奥古斯丁当年怀想到凯撒的功绩时一样，是想要做出一番名垂青史的功业来呢！所以大家幸勿小觑了这种"不朽"情结对于中国文化史的影响：无论欧阳修是去写诗还是去修史，其文化活动中都自有一种对于生命的终极关怀在，而决非单纯发泄着一种捉管之癖；而且，我们还应进一步认识到，倘无这样一种终极关怀，中国古代文人就不会把文学创作当成"不朽之盛事"，从而中国古代文化就不可能达到如此之高的审美成就。

也正因为所谓"立言"和"不朽"在中国古代的文化氛围之中从来都是连在一起的，所以幼年曾因家贫而"以荻画地学书"的欧阳修，才想到了要去诠发韩愈所谓"欢愉之辞难工，而穷苦之辞易好"的见解，认为"非诗之穷人，殆穷者而后工也"（《欧阳文忠公集》卷四二），以此寄托他对于广大寒士的同情和勉励。他在一篇序文中写道："君子之学，或施之事业，或见于文章，而常患于难兼也。盖遭时之士，功烈显于朝廷，名誉光于竹帛，故其常视文章为末事，而又有不暇与不能者焉。至于失志之人，穷居隐约，苦心危虑，而极于精思，与其所感激发奋，惟无所施于世者，皆一寓于文辞。故曰穷者之言易工也。"（《欧阳文忠公集》卷四四）由此我们看到，在欧阳修的心目中，专心致志于著书立说和遣辞造句，非但算不得雕虫小技，反而可以是士子倒过来又有几分瞧不起权贵的理由呢。我们读这番话时若不能设身处地地念及欧公当时已是名重朝野，便很难从中领悟到他的仁爱博大之精神；而且，这席话看虽简单，却并非没有嚼头——即使在似乎更强调"平等"的现代社会，只怕许多"穷且益坚"的念书人，也仍是以类似的理由来寻求心理平衡的罢？

当然了，如果欧阳修的说法仅仅表明，他认定从事艺术活动的动机惟在于"赢得生前死后名"，那么这种精神境界就不免要流于俗儒之念了。实际上，尽管进行文学创作必须付出艰辛的劳动，但人们仍自可以指望从中获得高额的回报，并且这种回报绝不在艺术之外，只在于艺术本身——在于人们完成一件艺术品后所得到的强烈的完美感和成就感。这一番个中的乐趣，当然不是门外汉可以识得的，恰如欧公《醉翁亭记》中的名句所云——"禽鸟知山林之乐，而不知人之乐；人知从太守游而乐，而不知太受之乐其乐也。"正因为这样，我们就有理由说，古往今来真正足以支持人们成为大艺术家的创造动机，就非但不是贾岛式的苦吟，甚至也不是勉为其难地去苦中作乐，而毋宁只是审美过程中的"至乐"。在这方面，我们倘能参对欧阳修针对书法艺术的种种议论，便会发现他于此中三昧是有相当自觉的。比如，在其《唐薛稷书》中，他就非常明确地将审美式的人生态度与其他类型的人生态度区分了开来："凡世人于事，不可一概，有知而好者，有好而不知者，有不好而不知者，有不好而能知者。"（《欧阳文忠公集》卷一三八）又如，在其《学真草书》中，他又进一步点明，足以造成这种种不同人生态度的缘由不在于别处，而恰恰在于此心之中、在于主体心念的转换："自此已后，只日学草书，双日学真书。真书兼行，草书兼楷，十年不倦，当得书名。然虚名已得而真气耗矣。万事莫不皆然。有以寓其意，不知身之为劳也；有以乐其心，不知物之所累也。然则自古无不累之物，而有为物所乐之心。"（《欧阳文忠公集》卷一三〇）再如，在其《学书静中至乐说》中，他还更推举一种"艺术式的艺术活动"，认为此类心态与那种"功利式的艺术活动"直有霄壤之别："有暇即学书，非以求艺之精，直胜劳心于他事尔。以此知不寓心于物者，真所谓至人也；寓于有益者，君子也；寓于伐性汩情而为害者，愚惑之人也。学书不能不劳，独不害情性耳。要得静中之乐者,惟此耳。"(《欧阳文忠公集》卷一二九)所以,后世的文学家们果欲获得欧公那样的艺术成就,竟还需先养成他那种超然物外的闲静心气呢。

苏东坡的艺术观

　　如果想要在整个中国文化史中举出一位最称全能的天才人物，则我们无疑要首推北宋时期的大文豪苏轼了。在阅读他的文集和事迹时，我们常不禁生出这样的感慨：倘以马斯洛所谓"需要层次"的心理学视角观之，那么至少在华夏文明数千载的演进过程中，恐怕再无何人能在"充分发挥人性中由低至高各种潜能"方面堪与坡翁比肩了。职是之故，依笔者的愚见，子瞻先生的生平便成了最值得下死力深钻的课题，因为大凡中国文化所有可能有的特征，均在他的人格风范中最为均衡地同时展现出来了。

　　这当然是一个太大的题目，须得留待他日闭门谢客洗浴焚香细细做来，决非今番用这篇小文便能说清道尽的。不过，即便眼下只将苏轼的"美学思想"从其文集中"切割"下来，我们也必须应当想到，恰恰由于这是一位文学艺术史中罕见的全能人物，所以他那些经常被人征引的艺术断想，一定是在其令人目不暇接的审美实践之余信手写下的，即只是其妙有所悟的"创作纲领或心得"，而绝非刻意苦思出来的"美学理论及体系"。这样，当我们接触苏轼的美学语录时，一方面就不要忘记，我们所要论述的乃是一位独具个性且又涉猎甚广的大艺术家——其文纵横驰骋、挥洒畅达，名列"唐宋八大家"，其诗放笔纵意、新奇脱羁，与黄庭坚并称"苏黄"，其词清空豪放、博大开阔，与辛弃疾并称"苏辛"，其字笔意淋漓、灵趣盎然，与黄庭坚、米芾、蔡襄并称"苏黄米蔡"……而所有这一切都不可能不在其艺术观中留下其强烈的个人色彩；另一方面，我们又不可忘记，我们所要论述的乃是中国文化史中罕见的复杂人物，竟至于不仅在艺术上"十八般武艺"样样精通，而且对各门各派的思想也都如数家珍、得心应手——在少时从其母开读《汉书·范滂传》时，他即慨然而生用世之志，冀望自己此生能奋发有为，但读罢《庄子》后，却又渭然叹曰"吾昔有见，口未能言，今见是书，得吾心矣"，而其弟苏辙更述其行状道"后读释氏书，深悟实相，参之孔老，博辩无碍"……缘此后人便可能从儒、道、释等各个侧面来解析他的艺术论，使之恰如其《题西林壁》所云，"横看成岭侧成蜂，远近高低各不同"——几几乎成了散架的七宝楼台！

不必讳言，我是最反对近来在中国文化研究领域中颇为流行的"分析化学"方法的。有些作者误以为只要先判明哪位古人在思想倾向上主要属于何宗何派，然后再补充说明他又间或受到了哪些其他思想线索的部分影响，其研究任务便已完事大吉。这样懒省事地来做文章，真不啻把"学问"二字当成了儿戏！正因乎此，我们便不难想见，苏轼的案例刚好可以对上述"新八股"构成鲜明的挑战：恰恰由于他平生之学甚广甚杂，往往过于容易地从一种心情转换到另一种心情，而且总是这般随遇而安、无往不乐，所以就势必要使我们想到,与其像过去那样从分析的角度去辨别——他的哪些说法究竟分别源自哪个不同的思想流派,毋宁换一种综合的立场去研讨——那些思想流派如何在他心目中共同融铸了一个审美完形。实际上,苏轼正处在中国文化进行再整合的关键时代,而且这个时代不仅体现在周张二程的理论推绎中,也体现在艺术家们的审美活动中。因而,对于苏轼的美学主张,尽管若单以形式逻辑来套确有跳跃之处,但大家倘能从更深的层面观察,却会发觉其中并不乏相当完整的心理基础。华夏文明之种种具有不同侧重点的艺术倾向,历史地沉积于他的有血有肉之躯中,水乳交融地形成了一个大于其各个组成部分之和的整体。从而,苏轼才生动地成为了中国艺术精神的集大成者;人们透过他那些有时仿佛稍欠圆通的议论,反而不仅可以更为全面地认清中国美学本身具有的种种特点,还可以进一步认清它们在中国文化的后期发展过程中如何相互渗透地构成了一整个心理系统。

比如,苏轼把"虚静"的心理状态,看成从事艺术的必要准备。他曾在其《送参寥师》中写道:"颇怪浮屠人,视身如丘井,颓然寄淡泊,谁与发豪猛?细思乃不然,真巧非幻影。欲令诗语妙,无厌空且静;静故了群动,空故纳万境……"不过,我们又看到,他却并不将此种心态仅仅看成佛家的要求,还更看成儒、道两家的共通要求:"道家者流,本出于黄帝、老子。其道以清静无为为宗,以虚明应物为用……合于《周易》'合思何虑'、《论语》'仁者静寿'之说。"(《上清储宫碑》)

很显然,唯"虚一而静"方能体道,这是中国古代思想家的共同认识。但由于儒、道、释所谈的"道"各自不同,苏轼一旦这样笼统地将三教合一,他的"道"也就自然要囊括了相当不同的含义。一方面,它是经过反身而诚而内省出来的中正襟抱,是经过内求诸己而静养出来的浩然正气。另一方面,它又是经过离形去知收视反听而坐忘出来的自然天机,是经过物化其身涤除玄览而觉悟出来的万物常理。有了前者,苏轼才会盛赞韩愈的"文起八代之衰,而道济天下之溺"(《潮州韩文公庙碑》)。而有了后者,他又势必要推许这样的画风——"与可画竹时,见竹不见人。岂独不见人,嗒然遗其身。其身与竹化,无穷出清新。庄周世无有,谁知此疑神。"(《书晁补之所藏与可画竹之首》)

单从逻辑格式上抠,这样地既高扬又泯灭主体意志,难保没有若干相悖之处。但重要的是,苏轼在心理上却并没有感受到这里有甚么不可逾越的障碍,而且还在养气的体验中不无神秘地领悟了天人之合——"志一气自随,养之塞天地,孟子不吾欺"。所以,艺术活动在他看来乃是一个与之相通或相似的过程:"吾文如万斛泉涌,不择地皆可出。在平地滔滔汩汩,虽一日千里无难。及其与山石曲折,随物赋形,而不可知也。所可知者,常行于所当行,常止于不可不止,如是而已矣。"(《自评文》)其实,写诗作文的真实涵意在此处只是体道。自然的千姿万态之造化与主体的发扬蹈厉之意气经过相激而相贴,虽未各失其性,却又契合为一。苏轼之所以如此热衷于"如行云流水,初无定质"的艺术创造,盖因他那突出的主体精神中恰有一种钻向天道深处的不懈要求。他必须水银泻地般地扑向大自然,从中一再体验自由的幻境。

　　而作为体道过程的副产品,真正的艺术品只能自然而然地产生于这个契合点。苏轼尝从文同画竹,其真迹今虽罕有孑遗,但我们仍可借助于他对文同作品的评价,来窥知他是如何创造出了"第二自然"的。在这里,艺术主体已潜入和默契于艺术客体——"与可之于竹石枯木,真可谓得其理矣。如是而生,如是而死,如是而挛拳瘠蹙,如是而条达遂茂。根茎节叶,牙角脉缕,千变万化,未始相袭,而各当其处,合于天造,厌于人意。"(《净因院画记》)从而,艺术客体又被点化为艺术主体——"与可独能得君(竹)之深,而知君(竹)之所以贤。雍容谈笑,挥洒奋迅而尽君(竹)之德。雅壮枯老之容,披折偃仰之势。风雪凌厉以观其操,崖石荦确以弥其节。得志,遂茂而不骄;不得志,瘁瘠而不辱。群居不倚,独立不惧。"(《墨君堂记》)在把透出生趣的造化万象"写真"出来的同时,也就把妙合天机的胸中块垒"写意"出去,这正是苏轼的艺术理想!

　　由此出发,苏轼便迎刃而解地打通了艺术构思与形式创造之间的关系。与传统"辞达说"的重质轻文倾向相左,他重新阐释说:"大言之达意,则疑若不文,是大不然。求物之妙,如系风捕景,能使是物了然于心者,盖千万人而不一遇也,而况能了然于口与手乎?是之谓词达。词至于能达,则文不可胜用矣。"(《答谢民师书》)他借这个"达"字,突出地强调了心与手或口之间了无断隔、豁然贯通的创作状态。艺术家须先无意间感到胸中"得气"而不吐不快,再率性自然地"冲口而出,纵手而成"。倘若刻意求工,患得患失地"欲以书以传于后世者,其意皆存乎为文,汲汲乎惟恐其泪没而莫吾知也"(《子思论》),则因"留意于物"而丧其天真、失其逸气,从"神与物游"的自由妙境中"收功"而出,又焉能天籁自鸣地将之吐出?苏东坡之所以说"口不能忘声,则语言难于属文;手不能忘言,则字书难于刻雕;及其相忘之至,则形容心术酬酢万物之变,忽然而不自知也"(《虔州崇庆禅院新藏经记》),正是在强调艺术家必须先获得"自身的行为艺术化"的非自觉创造心态。而他之所以认为文章应该"渐老渐熟,乃造平淡","外枯而中膏,似澹而实美",也正是想凸出这种脱尽刀痕斧迹、浑然天成的非人工过程。根据他的体会,倘能真的做到"辞达",即在气发丹田后听其从笔端油然流出,则可"不能不为之而工"、"无意于与嘉乃嘉",使完美的艺术形式不期而成,正如"山川之有云,草木之有华实,充满勃郁而见于外,夫虽欲无有,其可得耶?"(《南行前集叙》)

需要提醒的是,中国古代艺术所追求的在技法上的无意间的解放,绝不雷同于西方现代艺术所追求的对之的有意识的败坏。苏轼所赞赏的,只是"出新意于法度之中,寄妙理于豪放之外,所谓游刃有余,运斤成风"(《书吴道子画后》)的无法之法,诚乃"妙算毫厘得无契","始知真放本精微"耳。他之所以认为"论画以形似,见与儿童邻",并不是因为他认为艺术家真的有权信笔涂鸦,而是因为他对其有更高的要求——"吾尝论画,以为人禽、宫室、器用皆有常形,至于山石、竹木、水波、烟云,虽无常形而有常理……是以其理不可不谨也。世之工人或能曲尽其形而至于其理,非高人逸材不能辨。"(《净因院画记》)照东坡的看法,这种"常理",乃是隐在纷纭物象之后的、非妙手难能偶得之的贯一之道;而果欲把这种饱含气韵的"常理"形诸笔端,则必须借助于超绝的艺术技巧。这正如他在议论李公麟时所云——"居士之在山也，不留于一物，故其神与万物交，其智与百工通。虽然，有道有艺。有道而不艺，则物虽形于心，不形于手。"（《书李伯时山庄图后》）

以上对于苏轼艺术观的匆匆一瞥，实赖暗引中国古代的"气一元论"参助之。这种古代的境界若从时下眼界观察自是不无神秘味道；甚至苏东坡当年亦尝说过："何谓气？曰：是不可名者也，若有鬼神焉而阴相之……是气也，受之于天，得之于不可知之间……"（《上刘侍读书》）但无论如何，我们又知道，古人对于"气"的朦胧感受虽难以假借现代科学范畴界定，却并非全属子虚之说。一方面，我们从尚且残留下来的大量古代材料中还能够看出，有意识地和不间断地追求反复体验这种"恍兮惚兮"的超验境界，确曾构成过中国古人从事各项文化创造活动（包括艺术活动）的主要动机之一。另一方面，我们借助于正风靡一时的"气功热"更足以发现，古人对于"气"的微妙感受虽难以用现代话语名状之，却并非全然不可以体会和印证，它仍自保留在中国人独有的一种锻炼气息的养生术中；甚至苏轼的《李若之布气》《侍其公气术》《寄子由三法》《养生诀》《学龟息法》《记养黄中》诸文也确乎表明，他曾获得的"气感"亦恰与现代气功修炼者们的自述相通。所以，论者们果欲更真切地体会和阐释如此"神完气足"的中国古代艺术精神，或者竟应先对其历久弥新的"吐纳导引之术"略通一二才好。

寻找现代中的古意

——初读杜大恺的画

　　我和杜大恺教授，虽然才刚刚结识不久，冥冥中却是有缘分的。最容易让我们同命相怜的是，我们两人都是"右派"的儿子。此外，又很少有人知道，我还差点从一岁起就在青岛生活了，而且全家都已经调到了那里，只是因为家父的哮喘病抗不住那里的海风，才又铩羽回到了自己的出生地徐州。如果不是这样，我打小住在岛城的市南区，也没准早跟住在市北区的杜教授相识了。——不过，虽说错过了上一个机会，眼下我们却都执教于清华，而且他虽然专攻美术，却也时常思考和弄笔，我虽然专攻学术思想，却又总是离不开艺术，这可以算是又一层缘分吧？

　　杜教授的画面很是放松，足见在那上面走笔的人，也活得很是潇洒。它们就像是率性而尽兴的速写，不光在构思上不拘一格，也根本无意苦苦地布局。随着毛笔与宣纸的自由碰触，很多小景致就不期而遇，很多小镜头也是纷至沓来，仿佛是在山林、水乡、街市乃至女郎中间，漫无目的地进行着逍遥之游。当然，如果和这些轮廓朦胧的、不免想起印象主义画风的裸女相比，我会更偏爱那些水墨山水与房屋——根据我本人的研究结论,对于赤裸身体的长达数千年的痴迷,源自古希腊的一种非常独特而武断的"感官分类"形式,由此才好在"非功利艺术"的伪装下享受情色,所以这类绘画语言实在是太西化了。

相形之下,杜大恺笔下的那些客体景观,虽也画得很是"摩登",甚至"现代"到了可以联想到立体主义,可那些画面中的微妙笔意,却又是毕加索们绝不会想到的,那正是一种若有若无的田园韵致,和一种现世人间的诗意恋情,而这就使之靠向了祖国文化的传统。此外,或许由于是从工艺美术转过来,他这些画面中的实验性,好像也和他前期的艺术实践有关——那些纵横交错、重重叠叠的色块,说不定就在哪个关键的"眼位"上,衬托起一片淡雅娇嫩的、画龙点睛的亮色来,使原本的黑白画面灵动起来,也结构起了更加耐看的装饰感。

或许,只需把画笔挥洒到这里,对于一位画家也就算足够了。不过,我们的画家还有文字上的发挥,他要反王维的诗意而用之,从而对"水穷云起"这个典故,再进行独出心裁的一番改造,用以表白自己的艺术抱负。——这不啻在说,那个已经落入程式化的传统,原已是"山重水复疑无路"了,只有通过自己的推陈出新,才有可能"置之死地而后生",从千篇一律的重复老套中,生生地杀出一条活路来。这种对于唐诗意蕴的诠释,虽未必尽合古人原意,却也显得很有创意、很是"摩登"吧?——而且,这一下也就把要求太高了,把我本人的专业意识也调动起来了!

不过,由于我早年的美学研究,原是从《西方的丑学》开始的,所以我会比一般的读者,更加警觉"现代"二字的负面;而根据友人马歇尔·伯曼的著名论断,它这种负面的突出表征,又恰在于"一切坚固的都烟消云散了"(All that is solid melts into air)。那么,如果就中国古代山水而言,什么东西才堪称"坚固的"呢?为此不妨再来重读王维的诗,不过这回却要从头读起:"中岁颇好道,晚家南山陲。兴来每独往,胜事空自知。行到水穷处,坐看云起时。偶然值林叟,谈笑无还期。"(《终南别业》)原来,至少"水穷云起"在王维那里,并没有"柳暗花明"的意思,相反倒是在说:既已漫步到了溪水尽头,就索性随遇而安地坐下,以悠闲恬静的心情,来观赏山间的云雾升腾……——呀!这不正是一幅可游可居,甚至可以终老于此的山水画么?而且我们还都知道,王维本人又不光是优秀的诗人,也是画出这种适意境界的高手,正如苏轼对他的著名评价:"诗中有画,画中有诗。"

由此想到,就像八大山人笔下的"残山剩水",对应着对于"天崩地解"的怨恨一样,眼前这些不再去讲究布局的突兀片段,和不再去配伍层岚叠嶂的孤独山势,也在暗中对应着现代世界的"碎片化"吧?然而,即使打破了固有的程式和套路,是否就不再需要足以代表"生活世界"的整幅画卷了呢?而那些虽然具有装饰效果,却与环境割裂开来的古代碎片,就算被带到了现代的生活空间里,还能帮着打造可供所谓"诗意栖居"的所在么?再进一步说,如果想要创造地转化和表达古风,除了一些表面的形式和材质之外,还要不要进入更深的文化意涵呢?……诸如此类的思绪,都是我在读到对于"水穷云起"的新诠之后,所油然生出的,却不见得很合逻辑的自由联想。

　　当然，即使这些联想全都合乎逻辑，也不应该归咎于我们的画家——他无非是不期然而然地，以破碎的笔墨去对应失序的社会罢了！

2012 年 9 月 13 日于清华园立斋

春天里的阳光

——写给一位年轻妈妈的画展

头一次接触到张春阳女士的画，是到中央美院参加"学院之光"评奖，看到她以一排中空的玻璃静物，构造了一组几乎透明的画面。当然，你还是可以从中看出画家本身的创造力，却没有那么空洞和透明，尽管其间的具体内容，尚需在读画时以自己的想象力来填补。幸而，那天的评委多不乏这样的想象力，后来就投票让这组静物画得了奖。

此后再见到春阳的画，尽管也还有同样题材的，即还是把一组用旧了器物，带着表情地凸显出来，以调动别人的生活经验，去沉潜到充满人生感慨的、已然逝去的历史世界，但她更喜欢恣意涂抹的，却已是用线条和色块谱成的、几乎要跃出画布的视觉狂欢。曾有相当一段时间，她着魔地偏爱这种嘈杂的自由感，而她在我家聆听老萧的《第一大提琴协奏曲》时，也明显表现出同样的偏好。

最近再看她的画，突然发现那曾经躁动的母体，却一下子安恬下来。这当然是因为，从那青春勃发的母体中，已然分娩出可爱的新生命。年轻的妈妈登时就平静下来，宛如狂暴奔泻过的洪流，在经过一路跌跌撞撞之后,终于流入了平缓清澈的河床,此时所有的泡沫都已变得澄明,剩下的只有让人感动的母爱,那母爱中还带着些许幻想,和一丝莫名的神秘,从而以某种装饰感提升了整个画面。所以我说:你这些年来的画风转变啊,简直一会儿像塞尚,一会儿像梵高,一会儿又像高更了!

可无论如何,只有现在的这种画风,才更像她的名字呢——春天里的那一抹和煦而又多姿、活泼却不热辣的阳光,它飘飘摇摇地撒落下来,落到了哪里,就在哪里点化出让人惊艳的画面。

2011 年 4 月 29 日于清华国学院

人在写字，字也写人

——写给尤婕

多年前，在耶鲁遇到一位专攻书法的女士。没想到她倒拿出个本子，让我先为她写几句话，而我也不假思索地写道："充和，见到你更使我想起中国文化之可爱！"的确，如果没有她所钟爱的书法，以及书法背后的诗词，当然还有她终身习唱的昆曲，一位女性哪能活到了九十岁，还当得起"美丽"这两个字？

晚近，又在我们的清华园里，遇到一位专攻书法的、眼睛大大的女孩。她也让我给她写几句话，而我首先想对她讲的是，你将来会像张充和一样美丽。特别是，当你再在我的课堂上，获取了更多的文化蕴含、更多的价值追求，并把它融入自己的书法以后。在这个意义上，不光是人在写字，实则字也在写人。

在中国文化中，最能发展和传递出形式感的，就要数精妙入微的书法了，完全可比于德奥的精准音律，或者法意的精巧造型。如果能普遍保有这种传统，那么当代中国的文化符号，又岂会败落得如此鄙陋？甚至，利用由此开发出的、妙不可言的形式感，中国还能创造出世界级的设计，正如乔布斯富于禅意的产品。

但也正因此，就更不必急于去创什么新。那两个字，早把读书人给害苦了！当务之急反而是，要沉浸在古人的笔意中，涵泳在古人的境界中，逍遥在古人的法度中，使文明的脉络能薪火相传。相反，那些急于"自创一体"的写法，其催熟自售之意跃然纸上，每次看到，都觉得正乃斯文扫地的表征。

或许，正因为不去揠苗助长，保守住自由与传统的张力，到头来反而能"自成一体"。只不过，真正能够焕发出来并流传下去的创造性，却不应是镇日念兹在兹、斤斤计较的，只能让它去不期然而然。所以，坡翁"常行于所当行，常止于不可不止"，方可"不能不为之而工"的说法，仍是此中的不二法门。

2015 年 12 月 26 日于清华学堂

他真正收藏到的是良心

——序《王度收藏集》

收藏原是天下生灵的本能,就连松鼠为了过冬也要收集橡果,原本并没有多少神秘,可从事此道而能卓然成家,更不要说是成为公认的大家,则要算是天下的大幸了!

大千世界的芸芸物象中,唯有印上了人类活动痕迹的,才算是黑格尔意义上的"人化自然";而这中间,又唯有刻下了珍稀文化符号的器物,才会进入收藏家的法眼。在这个意义上,他们不啻在代表整个人类,去精心荟集文明活动的显要物证。

但与这种人性本能相违的是,现代性既是最物质主义的,却又因为开发物质太过,反而让人们更不珍爱器物,只是一次性地用罢扔掉。幸而,我们的收藏家还保有古风,他们不断地把玩那些器物,遵从着心中精致的形式感,和深厚的历史感。而借助于这些传承下来的器物,他们便同与此有过缘分的各色人等,既包括其制作者,也包括其拥有者和赏鉴者,进行着超越时空的对话。

当然,这境界只属于那些收藏大家,而不是只图牟利的文物贩子——晚近大陆的收藏界,简直被那类俗物给充斥了! 由此可知,收藏虽会沦为自利的活动，但真能升入"得道"境界的人，尽管在其有生之年，也会短暂拥有那些收藏品，也会因这种拥有而兴奋，但其活动的真实意义，却远远超出了谋图私利。

正因此我才会说，收藏家实是最幸运的人。那些自幼养成了古董品味的人，多生于锦衣玉食的名门望族，譬如民国时代的张伯驹等，这些公子哥从小就不知愁滋味，享有足够的家产来超脱功利，一心发展对文玩的雅好。

可正因此我更要说，由此才见出王度兄的可贵。他并非依靠祖上的产业，而纯凭个人的打拼和积累，却能轰轰烈烈地展开收藏，甚至达到了无出其右。由此我就可以体贴，他当然更不知"功利"为何物，甚至迄今都没有自家的房产；但当年面对亟待收下的文物，这位总是捧着金饭碗的"要饭者"，毕竟会深知那个缺钱的"愁"字……

而我暗地里最在看重的，偏又是他心中的那个"愁"字——他要是出生于显宦巨贾之家，就算是买断了天下的珍品，也未必有这样稀奇和可贵！此外，作为来自大陆的学者，我注定也会相当看重：同为炎黄子孙的他，竟能在神州惨遭"文革"洗劫、文物纷纷流落的危机时分，竭尽个人的全部所能，又从域外收回这些文物，免使我国失去这些重器，免使我族失却许多华彩记忆。中华民族既是个多灾多难的民族，但它又总有许多王度式的人物，所以也总还会多难兴邦。

说到我本人，则不仅没有张伯驹的幸运，就连王度的幸运也谈不上！自己居然连小学都还没念完，就遇上了那次文化大浩劫，而家中仅有的字画和图书，也都被抄家的红卫兵一把掠走。此后家境更是一贫如洗,哪还敢发展这样的雅兴?

不过,也许是冥冥中的弥补,我竟还能有这样一个幸运——在晚近结识了王度兄,并由于他太是"性情中人",而能一见结为忘年之交! 这样,自家兄长拥有了多少收藏,我也就算有了多少收藏,因为,尽管并不在名义上拥有它们,却照样可以尽情地把玩它们,并同样能而超越历史烟尘,来跟同这些器物有过缘分的前贤们,进行潜移默化、若有所悟的神交。

由此也就不妨说,自己此生虽无缘收藏,却也有幸珍藏了一件宝物,那就是在自己的心灵深处,珍藏着对一位收藏大师的牵念——珍藏着他的音容笑貌、他的豁达真切,珍藏着他倾注于宝贵藏品中的、对于祖国文化的一片深情。

2011 年 12 月 10 日于清华大学国学研究院

当先锋艺术不再挑战 [①]

　　很高兴来聆听诸位讲演，尤其是，当我从中感受到了激情时，也很是为之触动。要知道，学者来从事学术研究，不单是为了得一个博士学位，再找份工作来养家糊口，这样很容易把生命力给耗尽，无法把学界的精气神给传递下去。所以今天，看到大家对于共享的话题和学科，都表现出了发自内心的投入和热爱，甚至是难以自持的激动，这一点使我很是欣慰。

　　实际上，学术界早就开始了对于这些问题的思考。我的《西方的丑学》早在1985年就已出版了，那可以说是我整个学术生涯的开始。而刚才听诸位演讲时，我的头脑也不断地在闪回，核对一下其中的哪种艺术现象，是我当年的《西方的丑学》所无法概括的。我跟范景中有过一次相似的探讨，而我那次得出的结论是，我年轻时做出的那种理论概括，还是能够解释大部分现代艺术现象。不过，所

---

① 本文为2017年6月24日在清华大学美术学院主办的《比格尔与当代艺术》研讨会上的即兴发言。

谓先锋派这个概念，却往往超出或大于现代派，所以丑的文学、诗歌，丑的戏剧、电影，丑的绘画、雕塑，甚至丑的音乐、演唱，都可以俯拾皆是地找到，却唯独丑的建筑，似乎不容易找到，所以，我当时就有点强作解人地，把巴黎那座蓬皮杜文化中心，权且当作了丑建筑的典型代表。要是搁在眼下，我就愿意更开阔地把它概括为先锋派。

话又说回来了，先锋派在它萌生的初期，还是有着强烈的反体制特性，对于现行体制持否定的态度，就这一点而言，它仍可以被丑学理论来概括。只不过，这些先锋派到了后来，大多又乖乖巧巧地被收编了，也就不能再以现代派来笼统解读了。譬如，我前年夏天去巴黎访问时，在蓬皮杜中心的顶楼去就餐，那格调实在是相当的"小资"了，不光餐厅的装潢相当现代，就连服务员都有模特的水平。所以吃着吃着，我也就油然想到，原来这个中心的里里外外，都已被资产阶级给"收买"了。由此，我更是突出地感受到，先锋派已不能被丑学概括了。换言之，它一旦被正统体制所收编，身上的那点倒刺和反骨，就会被天鹅绒给包裹起来，也就显得温柔和顺眼起来，无非是发点嗲、撒点娇罢了。这就是卢文超方才所提到的，它自身有个走向没落、衰微和消亡的过程。

由此，我们就不免要向上来回溯，想弄清楚这些所隶属的"艺术"本身，到底又是什么东西？读过塔塔科维奇《六概念的历史》的人，都理应充满历史感地想到，其实这个问题从没有定论，倒是像维特根斯坦所描绘的，属于在不停自由漂浮的生活游戏。仅就近代东亚的情况来看，先是明治时代的日本人，拿着"芸"（Gei）和"術"（Jutsu)二字,对应着英文的 Art,不分青红皂白地组建了"艺术"一词,所以,汉语中具有新义的"艺术",其实只不过是个日文的外来语,尽管该词在中国也算古已有之,然而它的旧义却类乎"方技"。当年梁启超刚到日本时,就曾为这种歧义而感到头疼,因为当时如果讲"艺术家",国人的第一反应会是"方术之士",由此在最初写出"艺术"概念时,还需要特别加上括号来注明,这是它的新义即琴棋书画之类,而不是它的旧义即算命风水等等。于是,"艺"和"术"这两个字的组合,也就从最不受高雅之士待见的东西,一跃而成为最令他们心悦诚服的了。

可无论如何,当我们以"艺术"来勾连西方的 art 时,在这两个词之间就搭起了一个通道。而正是经由这个暗通款曲的通道,全部西方的艺术观念,乃至其背后的全部文化预设,就会系统而持续地向东亚渗透。所以,问题的严重性正在于,我们并不是仅仅输入了一个词语,还更准此输入了一整套的相关观念。我们有了这样的警觉,再来回顾康德对于艺术家的分析,就会发现他的想法原本是非常独特的,即艺术是,而且仅仅是天才的事业,并且这种天马行空式的人物,又是既不受任何规则的限制,也不可被任何别人来模仿。这些奇异的想法,如以人类学的相对主义视角,把它当作某个特定人类部落中,在某个发展阶段的独特观念,当然也很值得体会和玩味;然而,一旦以哲学的绝对主义视角,把它当成了放诸四海的真理,强要全世界的各文明都向此看齐,那就会带来很多实践上的被动。

正因为这样,我们还是应把当今的艺术家群体,只看成来自西方的某个特殊部落。比如，甚至只需要经由外表的显著特征，就足以对这群人进行简单的识别，既包括他们特立独行的做派，也包括他们刻意造作的装束，甚至包括他们有意无意的反社会姿态。这是因为，一旦有了关于艺术家的定式，他们就会真的朝着这方向靠拢。事实上，一个理论只要形成和传播开，就有了能力去指导、派生甚至是创造出属于自己的事物，这本来要归咎于语言自身的述行性，却往往反被膜拜成了理论的莫须有的解释力。在对悲剧进行文化解析的过程中，我也曾发现过大体相同的规律。事实上，是先有了悲剧的创作与演出，又有了柏拉图向悲剧发起的攻击，而此后亚里士多德又要来唱老师的反调，觉得至少还有索福克勒斯的一出戏，也就是那出杀父娶母的《俄狄浦斯王》，可以在某种程度上算作独特的例外。可亚里士多德这样的理论一经形成，就不光是后世的理论家要跟着来弄巧，要再发挥出更显得圆通在理的理论，就连艺术家也要顺着这些讨论，而继续创造出更加贴合这种论调的作品，从而越发让早先那些理论显得似是而非、似非而是了。

　　总而言之，理论和实践之间的那种复杂关系，其实好比是"鸡与蛋"之间的亘古难题。由此特别值得留意的是，在当代艺术的复杂语境中，到底哪种东西在前或在后，这都是需要具体分析、不可笼统而论的。所以，再回到塔塔科维奇的那本书，如果其中的"审美"这个哲学概念，将来怕是要由"神经美学"来最终解决，正所谓"一唱雄鸡天下白"了，那么其中另一个"艺术"概念，恐怕主要应由社会学和人类学来解决。回顾起来，借助于德国古典美学的论述，我们也没有找到过什么艺术的真谛，而无非是从文化史的意义上，找到了艺术自律观念的第一推动。而此后，如果再通过对于涂尔干《社会分工论》的阅读，我们才能更加设身处地地理解，为什么在西方这个特定的人类部落中，会如此这般地出现作为"艺术家"的特殊分工，而他们这样子的自我认同，又是由谁给率先想象出来的。事实上，只有这样来高屋建瓴、势如破竹地理解，我们才能充满同情甚至哀怜地想象，面对着艺术家们无所不用其极的进逼，理论家们的推演为什么要步步地后退，于是才有了比格尔、格林伯格的解释，乃至才产生了所谓艺术圈、艺术界、艺术场的概念。照此说来，我早年给出的那种丑的解释，当然也可以算作解释的　一种，可它却不是那类话语中的一种，因为它强调的只是"西方的"丑学，而由此就并不简单地意味着，非西方文明的全部艺术表象，也必须跟着变身为丑陋，否则就属于无可挽回的落伍，就只能遭到艺术理论的漠视。

这里，再顺便回答卢文超的一个问题，他看到我为《中国当代美术史》所写的序言，想知道我眼下对于高名潞主持的这本书，乃至他所代表的那个艺术群体的看法。回顾起来，在当年那个特定历史阶段，我个人对于 80 年代那批有追求的、带有反体制特质的前卫艺术家，还是谨慎地抱持赞成态度的，其中包括王广义、丁方、刘彦、吴山专、黄永砅等。他们可以代表前述的先锋派的初期，还带有那种激进的，甚至是略有倾覆性质的劲头。无论如何，既然路径本身确有它的依赖性，那么也应当允许沿着西方的路径去摸索。可即使如此，我当时的心底还潜藏着一点保留：你不能连反叛、连苦痛、连愤怒都是学来的！当然，还有一点要留意，如果我当时还在左袒这种探索，那也是因为在那个 1980 年代，我们对西方的了解还远远不够充分，以致于看到任何西方的新奇事物，总是有点"不明觉厉"的感觉，甚至西方当时就意味着几乎一切可能，这和90年代以后的情势大不相同。

换句话说，如果在那个历史的关节点上，能把西方先锋派的神髓尽快学来，再努力地予以消化、克服和发挥，把它们绝处逢生地玩出花儿来，这在当时并不一定意味着一局死棋，或者说，至少在上世纪80年代的中期，这一手好牌还并非注定要被"玩坏"。我们听听肖斯塔科维奇的音乐，再读读帕斯捷尔纳克的传记，会发现他们都曾深受过西方现代艺术的影响。然而，问题的另一面却在于，如果我们再去同情地理解，会发现如果不能又像他们那样，去跟俄苏人民去分享深层的呼吸，去深切体验他们遭受的痛苦，甚至再借助于这种苦痛的经验，来追溯由来已久的俄罗斯文化传统，那么，这两位苏联艺术家的作品，是远远达不到那种创造高度的。由此可见，即使受西方艺术的影响也无可厚非，关键在于如何借用、改造和超越这种模板。

不管怎么说，我们今天已经确然地看到西方先锋派的势微、没落和走投无路了，不光艺术家的自律成了一句空话，就连创造的前卫似乎也已经无新可创了。与此同时，那些曾经替他们力争的理论家，其实也都已经走到了创造的尽头，并不怎么坚持自己那些拼贴式的论点，甚至干脆连电话都懒得再接了。换句话说，无论是从感官还是从思维，他们都已经不再构成什么刺激或挑战了。应当看到，西方先锋派艺术及其理论的困境，恰正是我们进行"弯道超车"的契机，大家应该为此感到欢欣鼓舞才是，怎么反而有人会替它感到头疼、感到绝望呢？如果用一句英文来表达，眼下正应当大喝一声——"This is your big disaster, not ours."所以，眼下的当务之急，还应回到我早年在《西方的丑学》中的思路，其中最关键的一条，就是不能把空间与时间给弄混了。中国和西方的区别，或者整个非西方世界同西方世界的区别，原本应当是属于空间性的，也就是说，是分属于不同的文化部落的，可惜有些人却将它看成时间性的了，由此就把西方直接看成"进步"的化身了，还美其名曰这是什么"审美现代性"。在我看来，这种缺乏反思的、亦步亦趋的提法，在观念上和实践上的恶果，就只能是无论西方人犯下什么错误，我们都必须跟着犯什么错误，永远像一群"过江之鲫"一样，去盲目跟从前边那只"头羊"的后尘——设若如此，我们过去吃过的那些悲惨的苦头，才真的都是白白地、枉然地、活该地遭受了。

2017 年 6 月 29 日修订

叶公好书

　　我这里所讲的"书"，虽然笼统宽泛，总还是有一点限制。它不是指那种在火车上随买随扔的印刷垃圾，不是指那种专在封面上做"擦边儿"手脚的猎奇者的圈套，也不是指那种地摊上的成心帮人"精神手淫"的厕所创作，更不是指那种按人头发下又论斤回收的干部必读。当然，并不一定本本都是王国维陈寅恪或哈贝马斯德里达。内容可有深有浅，价值可有高有低，观点可有正有反。但真正堪称"书"的印刷物，必须既可读，又不可带着看电视娱乐片的心情读——读完了就忘，脑子里一片空白，正好躺着去打呼儿！

　　同样，我这里说的"叶公"，虽然绝无特指，也仍然有一点儿限制。他不会是闭眼摸摸宋版书便能心旷神怡地满足其古董癖的收藏家，不会是因其文章总还有人爱读故而"高雅得起"不太在乎书价腾贵的名作者，不会是在书店里翻拣了半天后挤干了阮囊仍斩获不多的穷书生，也不会是由于家里买不起也搁不下书只好连为读一本最普通的书也甘心忍受官办图书馆的种种限制和拖延的可怜人。说得更极端一点儿：就连那些每每在书店里被逮到的坚持认为"窃不算偷"的孔乙己的后代，也不能算是"叶公"。其原因很简单：这些人都是真心爱书的。

然而，很不幸的是，尽管竭力作了上述排除，在"好书"的问题上堪称"叶公"的人仍自不少。这才酿成了我们这个社会对（真正的）书的忽热忽冷。

其实，早在"严肃读物"还在坊间赶印还在市场走俏的时候，我就早已对一部分购书者（恕我不说"读者"）的热烈需求起疑了。说来见笑，我和一些同龄文友的书，都曾破过印行十万册以上的高纪录（而且是在"第一次印刷"！）。如此地 Popular，不知别人曾否飘飘然过，但这确曾使我反省起自己的"产品质量"来。幸而，后来的一些同样反常的现象，能使我援例自慰——拙作太过"抢手"委实非战之罪。比如，以萨特之有名，其大作《存在与虚无》在其祖国前前后后也总共只卖出过几千本；而该书的译本一旦在中国印行，居然一下子就销出去了六万本……这不禁使我记起《纯粹理性批判》的命运来：据说康德的这本书曾作为必备的摆设装饰过每一间绣房，可就是没见过哪位入时的小姐甘心被它干涩的长句子噎一噎！当然，作这种联想，并非意味着我一准认定凡购买《存在与虚无》者均不会开卷获益（我只是凭经验相信能读完它的人不会很多）。可是，若再换一个例子，我就很愿意跟谁打这个赌——比如上海古籍版的那套巨型的八开本《二十五史》，尽管卖得很好，但我却敢说买它的人没一个是准备认真去从头句读的！否则，他们准会选购中华书局版的十六开点校本，那套书放在书架上虽不如此壮观，但毕竟好读得多，质量也高得多了。

所以,结果是可想而知的——正因为过去的学术热理论热多半是虚火,所以等龙群真的来了,叶公们就抱头鼠窜了。这或许是一种很正常的现象。既然过去市场上对那些曲高和寡的书显示了狂热的虚假供求关系,那么,让那些赶时髦的人自度一下本身的阅读胃口,就既省去了他们过去花的那些冤枉钱,又不会对学术事业造成任何真正的损失。反正,本来要读书的人现在还是要读,本来不会读书的人现在还是不会读——对严肃读物的真正需求量大概从来都是一个常数,不为"热"增,不为"冷"减的。

可是,如果情况仅限于此,我也就没有必要提笔发感慨了。真正叫人伤心的是,购书者们这样忽热忽冷,就把另一类"叶公"也传染得打起摆子来了。过去,出版家们找你来约稿,一点儿也瞧不出他们有甚么"书商"的嘴脸,只说自己如何如何地热心文化钟爱理论赞助学术等等,骗得这班书呆子感动得不行,恨不得一手抓几只笔又写又译又编又校,好让中国的文化事业在我辈手里尽快地繁荣起来,以与这个泱泱大国的名份稍稍匹配。可谁想,市面上行情一看跌,你再把应命赶就的稿子送去,却发现有不少过去颇引为知音的老板,如今把脸一抹连一丝儿书卷气也未剩下——"要出书么?拿钱来!或者替我包销若干本!"你这阵子才发现,那种人过去之所以告诉你他离开了好书简直连一天都活不下去,其实功夫都是做在"书外"的。于是可叹的是,他们如此敏感的经济头脑,过去并未向你吐露过半个字,而你也竟迂腐地未留半点儿警觉。否则,你要么就干脆不想象牛一样地去"耘人之田",要么即使甘为"知己者"效死,也不敢如此造次(因为你本来就预料到过那种不正常的"理论热"根本持续不了多久)。又何至于像后来这样,空怀着一种强烈的被愚弄感,眼看着这一大堆天天被蟑螂批判的书稿而发愁。

当然话说回来,书商毕竟也自有书商难念的经。即使是其中最少烟火气的皎皎者,面对目前这种印什么书(除了我开头讲的那几类不配叫"书"的东西)都赔钱的局面,也只能"以战养战"——说穿了是先把社会坑够了再把骗来的钱"回馈社会"。近年来,我日益能够体谅他们的苦衷了,而且和其中的一些果能"路遥知马力"者结下了真诚的友谊。严肃的学术著作至今仍能一息尚存,委实有赖于他们的惨淡经营。不过,每当我听到他们可怜巴巴地倒这桶苦水时,却又觉得最可怜的还不是他们,而是这些学术天良尚未泯灭的学者——不图我辈一点儿脆弱的清高,竟是被那些不堪入目的下流货色养着的!

然而,对于落得这样一个下场,我仍然有点于心未甘。因为照我在交游中的体察,可以食无鱼、行无车、喝无茅台、抽无云烟但不可以读无好书者,毕竟还是大有人在的;而且在偌大的神州,其为数绝不会像新华书店的大辫子们估计得那样少(经常是竟然过不了一千!)。所以我觉得,过去的确曾把严肃读物印得供大于求了,而现在又矫枉过正,把它印得供小于求了。于是乎,学术书的印行状况就只能在一种恶性循环中每下愈况。一方面,出版社似乎是求读者若渴,弄不懂中国的学人一下子都地遁到什么地方去了;另一方面,不少人却又在欲购无门,即使听说哪种书被不惜血本地印出了千把本,却又不知道它们被抛撒在新华书店成千上万个柜台的哪个角落里。而接下来,你越是打探不着那些蒙上灰土的弃儿(除了在每年一度的降价书市上），卖书的人就越会觉得这些书天生只配受冷落；而出版社收到这样的反馈信息后，又会把书印得更少，弄得想买好书的人又更加找不到它……久而久之，在现行的图书发行体制下，竟又形成了一种对于学术书的新的虚假供求关系，使得写（译）书、印书、卖书的热情都不正常地被封冻住了。

我想，若想摆脱这种于学术文化极端不利的危局，根本用不着去出什么馊点子，比如求哪位领导的题辞以轰动一下，或者靠财政拨款的输血来勉强喘息。正像中国在其他方面的情况一样，拯救严肃读物的唯一出路还在于市场——关键是要把市场理顺！最当务之急的，莫过于多开设像琉璃厂那类专营某一类高层次书籍的专业书店，以便让希望搜求好书的人能找到好去处。过去，在我们社科院附近的东单街口，曾有一家"社会科学书店"。几位经营它的小伙子挺有眼光，能把各出版社侥幸推出的好书都搜罗了来，甚至会叫你觉得"淡季不淡"，竟常能挑着一大包好书回家。可是，虽说这家书店生意挺兴隆，就连港台学人都会专程光顾，却不知为了什么缘由（但肯定不是由于卖不出去），后来偏又突然承租给了别的贩书人，使得它大大地名不副实了。而最近，又听说寒舍附近新盖了一座"海淀图书城"，专为周围的念书人服务，真令人为这项"德政"而好不欢喜。谁料兴冲冲去了一趟才发现，这座城池还大有不尽如人意之处——因为它那一间间的小"包厢"有不少都承租给了一些小书店的老板，而他们一开始还只会照老生意经宣科，文不对题地把大量《毛衣编织法》《烹饪大全》之类的俗物都搬到知识分子堆儿里来了！

　　好在，市场毕竟是灵验的，这终归要比怀念琉璃厂那些故去的懂得书的老朋友更靠得住。我想，那些精明的老板们很快就会发现——原来书摊上的畅销书在这里反而会滞销，反倒是以前不敢进货的高档书才在这里受到青睐；而且毫无疑问，他们认识和改正错误的速度，保准会比吃惯了大锅饭的国营书店（比如王府井的那家）快得多。所以说句宽心话，大家还是可以指望：过不了多久，那些并非"叶公"的"好书"者们，便会惊喜地对着这里的书架道一声——"久违了！"

愿《东方》更上层楼

前几日，北京的几位年轻学友，又拥在我这间本已被四壁的书架逼得很窄的书房里，跟《东方》杂志的总编钟沛璋、副总编朱正琳先生一起，开了一次"学术咨询委员会"的例会。

这样的会议已经开过好多次了。但由于我们坚持不愿将自己的名字与《东方》杂志的那些资深顾问们列在一起，所以外界多不知晓——其实从《东方》杂志尚未面世的时日起，它的主要学术咨询工作就是由几位年纪轻轻的学子承担的。大概是由于钟沛璋先生曾长期从事青年工作的缘故，他特别注意调动青年人的热情，因而早在杂志草创之初，便一再地光临寒舍，希望我能够尽量参与《东方》杂志的事业。我虽作为一介书生，自度才力不逮，未敢贸然承接那种非我所长的组织工作，但终因钟先生盛情难却，遂不得不拉来陈来、梁治平、葛兆光、陈平原、雷颐诸君襄助，为《东方》杂志成立了一个小小的"学术咨询委员会"。

这一帮朋友，素常纵是惯于插科逗笑，但一旦说到"学术"二字，却是半点儿幽默感皆无，免不了要祭起虔敬之心，对每篇文章的内容都毫不留情地说长道短。所以，一开始我自然会疑心，承担实际编辑工作的人很快就会受不了这几张年轻的"婆婆嘴"，不愿每出一刊必招大家来专门败兴。可是，杂志老总们的海量却远比我所预料的要大，倾听起批评来既专注又诚恳，很有些闻过则喜的风度，故而很快就跟大家建立起了非常融洽的合作关系。

也许部分地正是因为编者们如此急切地搜求学者意见的缘故，所以尽管在过去的例会上大家在许多具体的细节上都对刊物提出了否定性的批评，但一年过去之后，朋友们却不约而同地发现：若从总体观之，这本刊物竟然足以得到肯定和赞许了。陈来兄的一句话，恰能代表全体咨询委员们的共同看法，那就是："不管怎么说，《东方》杂志总算成气候了！"的的确确，无论这本刊物还有多少亟待改进之处，无论它还显得怎样的良莠不齐，但它终归已经因为发表了一些论点新颖、论证明快的文章，而在知识界和广大的读者中建立了信誉。人们已经开始对它有了预期，知道每打开一本新刊必会找到可读之作——对于这个问世不久的杂志来说，这已经是很大的成功了。

当然，成绩虽是差可自慰，大家却绝未想到有理由去志得意满。我们尖锐地提出，在目前这种新创刊物纷至沓来的情况下，假如一本杂志想要最终地站稳脚跟，就必须办出自己更为鲜明的特色来，而《东方》杂志显然在这方面还未尽人意。最集中的意见是：尽管该刊物从一开始就选择以"文化评论"来定位自身，而且还再三就此刊登了征稿启事，但这件事说来容易做来难，似乎约请名家便难免应景之作，而礼贤下士则又时有粗滥之文，总是难以两全。无论如何，既要坚持进行文化评论，就必须把目光盯住日常生活的细节，然而小题目却不能以小器局来写，研究"痞子"现象也一定要谨防痞子文风，这是大家的共识。除此之外，大家还具体地出谋划策，希望加强"东方论坛"、"人物"、"环球通讯"等栏目的分量和可读性。总而言之，正像跳高运动员一般，既然新的一年即将开始，就要把自己面前的横杆略为抬高一些（哪怕只有一公分也好），以免胃口日增的读者对我们失望。

眼下新办的杂志竟多到这种地步，以至于楼下收发室的大妈会对我说，光是寄到你家里的东西，我看你都读不完！这当然从某种程度上说明了出版业的繁荣，很值得庆幸。不过，坦率地讲，有些印刷品却叫人看罢哭笑不得，直觉得与其浪费这么多自然资源，倒不如干脆让那些被伐倒的绿树站在原处，或许还会对人类有些益处。职是之故，不管是《东方》杂志的编辑们，还是咨询委员们，都应有如临如履之心才好。否则，且不说那些会开口说话的读者，即便是在默默无言的大自然面前，大家也会感到汗颜的！

论笔名是否重要

——或论防止假冒伪劣作品是否可能

开宗明义：以什么名义来发表自家的作品，一向被认定为不可剥夺的"基本人权"，就连最板着面孔的报刊也会申明"署何笔名悉听尊便"云云的；故此，本文所要探讨的就并非化个笔名"是否可能"或"如何可能"的问题，而只是它"是否必要"的问题。

然则，为了别刚一开头就白白吓跑了读者，写罢上面这段庄重得化不开的"破题"之后，我又不得不赶紧先来幽它一默——

说个有趣的故事罢：在大学念哲学系时，班上某位有志乎文学创作的同窗，和我一样不大爱到课堂上听讲记笔记，而整日价躲在寝室里"不务正业"。不过，他却不像我这般喜爱半躺着杂食闲书，总是伏案疾书着甚么，似乎老跟稿纸和邮差过不大去。当然，他虽是勤于耕作，但到底收成如何，我即便再莽撞，也还是能识趣不提这类比姑娘芳龄更加敏感的问题的；只是千不该万不该——不合偏偏凑巧看到了明摆在他案头的一长串取来备用的笔名！我先是弄不懂他给自己化这许多假名，究竟能派何用场（又不是在白区！），可定睛一看，却不由得愣住了：原来在那一大群鬼魂中间，还公然蹦出了一位知名作家的尊讳！"怎么……我刚刚看过的那篇……特棒的小说……竟是您的手笔？"为慎重起见，我怯生生地、少见多怪地问了这么一句。而这位仁兄却极气派地挥手作"不屑一提科"——"××编辑部太不像话，给我删得一踏糊涂！不过总还算卖了点儿面子，发了头条！"从此之后，当然可想而知，我和我们班上的那些不识泰山的肉眼凡胎们，就只有忙不迭地连声道"失敬失敬"的份儿了，并且赶紧到校图书馆的期刊室里去查阅他那几近"等身"的大作，充满艳羡地（好像还带着一丝儿谁也不愿坦白的妒意）一再惊叹依其年龄简直无法想象的生活底子，直到有一天哈哈哈……

掌嘴！太不积口德了！但愿我这位老同年即使看到了我在这里故事重提，也不致误以为我有任何恶意。其实，自命一个与名家"巧合"的雅号，暗中分享一点儿本份之外的荣耀，以换取人们特别是姑娘们的青睐，这对于一位对未来充满梦幻的男孩子来说，根本就算不上甚么不可原谅的过错。相反，在那猴急之中，倒带有几分天真甚至可爱。所以仁兄明鉴：读到后边您就会发现，倘非愚弟"时不济兮"，不知觉间被运数开了个更大、更不好玩的玩笑，我是无论如何也想不到重提您过去跟我们耍的这个小把戏的。

值得一提的是，这位同学后来果然出人头地（应了拿破仑的名言），发表过惊天动地的宏文，一时间为之洛阳纸贵（确切地说是复印纸）。只是，这一回他竟并未动用其庞大笔名库里的丰富储备，倒是直截了当地署了真名。我想，这原本也是最合常理的做法。一来，这可以"文责自负"——太平世界，朗朗乾坤，某家便写错了又怕它怎的？二来，这又可以"文名自享"——本来么，辛辛苦苦地摆弄了一点儿笔墨，通电天下意犹未足，还要笔名这劳什子做甚？万一这障眼法使得将来的考据家们把它断为别人的"佚文"，岂不是为人作嫁了么？

　　读者们或要以为，我是断断不赞成用甚么笔名的。然而且慢，问题也还有另外一面，而且全部的复杂性就在于我本人的名字委实太俗！

　　敢说自家的名字太过流俗，这本身恐怕就是"胆子再大一点"的结果。因为有位识汉字不多的外国友人曾一眼就看破，我是双料的不避讳：既姓刘主席的"刘"字，又名毛主席的"东"字，竟很有点儿"狼子野心"也未可知！不过，如果容我分辩一句：这名字却是被"红卫兵小将"（如今怕都已成"中将"了）勒令改造成的。不才本唤作"刘肖维"，而舍弟则原名"刘赛维"、舍妹原名曰"刘筱新"。这些名字本也无甚讲究，只不过证明我们是自己父母的儿女（家严"刘维"、家慈"刘世新"），跟西方人在名字前加一"小"字并无二致；可是，一到对什么都草木皆兵的红卫兵那里，它们就不能不被史无前例的城门之火殃及了——既然父母已被打成"反革命"，随即便有人贴出大字报，认定我们的名字意味着"小反革命"……于是，为了不致"老鼠生儿打地洞"，一家人只得去合计怎么另取革命化的名字——在愁眉苦脸之余，遂想起那首"最响亮的歌"：索性让兄妹三人分称"东"、"方"、"红"，看看谁还有话说！

　　现在想来不免好笑（而当时却只觉哭笑不得）的是：即便换上了这般红彤彤的名号，也充当不了甚么免战牌的。马上又有人贴出了新的大字报，说你们这等反动家庭，却故意起如此神圣的名字，实属

"恶攻"之新伎俩、阶级斗争之新动向！幸而，这种"何患无"之辞并没有再让全家受煎熬太久，因为造反派的兴致很快就从批斗黑五类转成捉对自斗了。尽管一上来乍听人家叫"刘东"时，我难免要发一阵呆，方才悟出这是在喊自己呢，但新的"条件反射"毕竟很快就又形成了（真得谢谢巴甫洛夫院士的动物试验）。久而久之，倒是故旧亲朋偶尔喊我一声"肖维"，反会使我老半天不舒服，像是被唤醒出几分苦涩来。反正，想开了，名字本不过是一种极具外在性和偶然性的专有代词，不必太过较真儿，即使它算是严寒留给我的一块冻疮的疤痕，总还不失为自家的某种标记罢。

倘非我后来偏又选择了以捉管为业，经常要把姓氏刻在劳动产品上以示负责，或许这名字就不会给我再招来太大的麻烦了。可谁能料到，这场滑稽戏还在续演，以至于我近来每每追悔莫及——千不该万不该，不该"文革"结束后没让自己的名字也和"走资派"一起"复一复辟"！从概率论的角度看，相对于"刘肖维"这三个汉字的组合可能性而言，小可目下的名字是太容易跟别人"撞车"了，由此，尽管我绝未想到要去分享别人的"文名"，却居然总是免不了要去分担别人的"文责"：相当长一段时间以来，老是有人吞吞吐吐欲语迟地跟我"商榷"着甚么，仿佛我干了"太那个一点儿"的事情，而弄了半天我才搞明白——他讲的那篇东西根本就不是我做的！与我有甚么干系？

一而再再而三三而四，使我感到情况大为不妙，必须郑重其事。为避掠美之嫌，遂提笔给一向很熟的《读书》杂志编辑部写了一封短简，声明"彼刘东非此刘东而《××××》亦断非某作敬祈学界同仁明察是幸"云云。只可惜，三联的沈老板并不愿意"来函照登"，只让我碰了一个笑呵呵的软钉子，说这种好玩的事，还是留待他将来告老后去写文坛轶闻罢。沈老板是精明而厚道的人，他就是回绝你，也总是曲尽委婉，让你很受用。

只是，说来说去，我终究还是体会不出这之中有甚么"好玩"。弄到后来，类似的"商榷"竟发展到先从外省寄来、后从域外飞来，真使我很想跳进黄河去洗一洗了！我曾动念学外国人的样在自己的名姓后面加一学衔以示区别，但后来一则觉得这究竟不大符合中国的国情，二则转念一想又焉知彼刘东就没混个如今已是"不如狗"或"满街走"的硕士博士当当？只得作罢。徒唤奈何之余，竟不禁又回想起"笔名是否必要"这个老课题来了。该死！怎么当初就只想到了休要取一个跟别人"巧合"的笔名，而没有想到起一个休让别人跟你"撞车"的笔名呢？要是能像姜朋友和赵朋友那样，你赐我姓"北"，我赐你姓"芒"，连《百家姓》里都难寻踪迹，又如何会招灾惹祸无事生非一至于此呢？

因而结论是：在我们这个人口高速膨胀且又时兴以单字命名的年代，一个人在发表其处女作时，便应当有点儿"远虑"，有必要为自己取一个至少不至于流俗的笔名，以便既不侵害别人的署名权，一能保护自家的署名权——他要是再来跟你重名，你就有理由告他制造"假冒伪劣作品"！然而遗憾的是，区区这么简单的一点儿道理，愚钝如我，亦需要参悟十余年才能体贴出来，而眼下竟连更名换姓也来不及了。既是如此，今后我也只有横下心来将错就错，把自己这个落俗的名字废物利用，当做朋友们究竟"知己与否"的试金石。倘要有谁再为别人的甚么狗而屁之的玩艺儿来跟我"商榷",我发誓绝不像过去那样面红耳赤笨嘴拙舌地分说,而只在心底默默地记着——好啊,连我的文章都认不出来,还口口声声说是我的好朋友呢,哼!

贼胆真大

妙手空空儿近来的横行无忌,颇令一些朋友"谈贼色变"。比如,上梁的君子虽古已有之,但往常只是乘人不备时悄悄行窃,且心惊肉跳地惟恐被当场擒到;而今他们却益发作大起来,居然专等主人回家后再按门铃,明目张胆地要人家把细软存单统统交出来。再如,拦路的草寇虽古亦有之,但过去总还会"先礼而后兵"一番,且只对那些抵死不交"买路钱"的行人动武行凶;而今他们则愈加霸道起来,竟然不问别人是否愿意破财消灾,都先要将其门牙打脱两颗再做道理!

我这可不是道听途说以讹传讹,落难者都是跟我很要好的朋友。他们曾经心有余悸地向我长吁短叹道:如今真真是连"盗亦无道"了!

说句知足的话,我相形之下还差可算作个"幸运儿"了。也许是自己"家徒四壁书",而中国一时还不称"雅贼"的缘故,至今尚未有白日撞打上门来,要把我的藏书悉数洗掠了去;要不就是自己长年闭户不出,而读书人的寒酸又早为路人皆知的缘故,至今亦未见哪位豪客看走了眼,要来打劫本是羞涩已极的"刘囊"……然则,对于当前"盗亦无道"的状况,我也有过十分痛切的体会,而且在切齿顿足徒唤奈何之余,又转念觉得个中亦颇有"无巧不成书"之趣。所以,我忍不住要将此番经历原原本本地写给读者听,也算是为当今的世道"立此存照"罢。

鸡鸣狗盗之徒既要对身无长物的书生下手,总得打其精神产品的主意,这是不在话下的。不过,对于偷儿们能把"第三只手"伸得那么远,从海峡对岸一直扒窃到大陆学者兜中,我却全然始料未及。甚至,刚从台湾"谷风出版社"的书目中偶然发现了自己的作品时,我不但没有想到要保护小小的"知识产权",反为两岸知识界能得以交流而颇感快慰。可此后不久,事情就变得令人非常头痛了。因为大凡被"谷风"翻印过的作品,都很难再跟正派的台湾出版社洽商版权,据说图书市场早已被盗印本"分薄",且无人能跟一家根本不付版税、专做无本生意的出版社竞争……由此一来,我总算得出了一点儿教训,牢记住"谷风者,海盗也"——谁若是沾上了它,便只有自叹倒霉了。

而更教人哭笑不得的是,倘比起台湾的另一家"结构出版群"来,就连早已声名狼藉的"谷风出版社",都可以自诩为有廉有耻、堂堂正正的好汉了。人家"谷风"至少还在封面上保留了原著者或原译者的真名实姓,算得上明火执仗的绿林大盗,而"结构群"却连署名权也欺世盗名地据为己有了,只能说是鼠窃狗盗的泼皮无赖!

说来也巧,前几年我曾在歌德学院的图书室里,偶尔翻拣到了由"结构群"印行、由黄丘隆主译的《马克斯·韦伯》,当时顿觉满心欢喜，因为自己一直对这位社会学大师保持着浓厚的兴趣，并还亲手译过一本同名的书。我原以为，既然台湾的学者在韦伯研究方面起步得较早，他们一定会比自己选得更精、译得更准；可没曾想到，才粗翻数页我就瞧出了几分破绽——此书不仅跟自己的译本在选题上"撞了车"，而且还居然句句都翻得"所见略同"！我此时虽已心起疑窦，却总还不敢相信世风能败坏到这种地步，遂不得不揉揉眼睛仔细查看。此事还是请列位看官来明断罢：这位黄丘隆先生当然是有可能碰巧和我选译了同一本书的，但他何至于把所有的文句都译得跟我那个本子毫厘不爽呢？特别是，他又何至于同样犯下了那几处我自己后来才后悔不迭的错误呢？而尤为匪夷所思的是，他又何至于同样想到要在那几段较为费解的文字下面添加本属可有可无的"译注"呢？所以，既然无论如何都不可能发生如此之巧合，我也就有理由很快地做出判定：这本书虽白纸黑字地标在别人名下，却千真万确地就是自己那个译本的更加无耻的盗版！此后再经由向学友们多方核实验证，我就更敢于断言：这位署名为"黄丘隆"的人物（其实很可能是个托名的鬼魂），完全可以被当成"大胆毛贼"的代称——他竟将由那么多同仁分头译出的本属不同学科的作品，统统标上自己一人"主译"的字样，足见其贼胆之大了。

既然如此，同样毫无疑问的是，所谓的"结构出版群"，亦不过某一家"小偷公司"的代称而已。而最令人瞠目结舌之处还在于，就这样一帮结伙行劫的不法之徒，竟还沐猴而冠地替自己蒙上了一层合法的外衣，煞有介事地聘请了所谓"常年法律顾问"陈国雄律师，并把一纸"聘任状"堂而皇之地印上了每本盗版书之后，声称"如有侵害其信用名誉权利及其他一切法益者本律师当依法保障之"云云。这恐怕充其量也只是虚晃一枪吧？别人真想去盗版的话，难道还不会去翻印大陆的原版么？而且再退一步说，即使有人又窃取了你的赃物，你就真敢与之对簿公堂么？我真希望这位"大律师"能跟那位"大翻译家"一样，也只是个托名的鬼魂，否则台湾那边就更显得把"窃钩者"和"窃国者"合而为一了。可无论如何，此类"贼喊捉贼"的勾当，已然对一个法制社会构成了莫大讽刺与嘲弄！

出于好奇，我后来用整整五册自己原先的译本，从歌德学院图书馆里换回了这一册盗本，将其插入了家中的书架。这当然并不是为了"拿贼拿赃"——对于此类"秀才碰见兵"的事件，慢说眼下尚无可能到美丽岛去追究，即使将来有了这种可能，自己也绝赔不起从事诉讼的精力。所以，我原以为只要再自叹一番晦气，故事也就蛮可以到此打住了，而万没料到——更令人称绝的巧合居然还在后头，并使自己换来的赃物还派上了点儿用场：

前不久，经由某某友人介绍，有位台湾的出版家光临寒舍，刚进门就极大度地从皮包中掏出了精美的名片。可等我恭恭敬敬地接过来定睛一瞧，真不禁打心中大叫蹊跷，因为这无疑是寻常所谓"骗子的片子"，上面公然印有"结构出版群"的字样！贼胆竟大到敢再来失主家造访的地步，完全超出了我的思想准备，一时间反显得自家有些不尴不尬了。嗫嚅不语了许久，我方将那本书从架上取下，向他当面请教那位黄丘隆先生究属何方人士。而那位精明的先生也立马就明白了其中原委，连声道"大水冲了龙王庙"，并且镇静自若地告诉我，"结构出版群"其实并非真正的法人实体，所以就算它侵害了谁家的署名权，从法律上也根本奈何它不得，但今番看在大家都是朋友的份儿上，他却会破例补偿我一点儿版税，一俟本人返抵台北，自当寄上台币若干元……听了这一大堆软硬兼施的话，我这一介无能的书生，竟只剩下唯唯诺诺，先行谢过的份儿了。

当然，我尽管自度无此膂力去照赃拿贼，总还不致傻得真信了这新设的骗局，知道只要"壮士一去"就准会"不复还"的。所以，幸请专事穿窬的朋友勿以为我后来果真收到了那张汇票，否则大家都会因此而平添许多麻烦。要说此番奇遇还真有什么"下文"的话，那也无非就是引出了我这篇小文，对眼下"盗亦无道"的现象徒发几声惊叹罢了。

金陵求学记

回想起来，我这几十年的生涯中，如果有过一次明显的上升，或说是显著地"向上流动"，那就要算是"去南京读书"了。大体上可以说，我个人的境遇在此之前，基本是在听由外力摆布，顶多也只在随波逐流中，努力去保持不被淹没；只有等跨出了那关键的一步，我才在省城的高等学府里，逐渐学会了把握自己的生命，包括随时调整生命的船头。也正因此，我至今都在劝慰高中生们，虽说马上要面对的严酷高考，特别是那些笑话般的考题，也算不得多么合心合意，不过这对出身贫苦的孩子来说，仍属于最为公平的一次机会。

由于当年自己"出身不好"，以往甚至未敢奢望过高校，我只是在接到录取通知书之后，才敢去打听这所要去的南大，到底是怎样的一个所在？文化局里，见过世面的解学潮老师说，那学校简直大得像座"小城"。而对这样的夸张形容，我当时不仅完全听信了，即使后来切实住了进去，也觉得它是大体属实的，足见我当时的眼界如何了。只是到了后来，等我再任教于北大、清华，又客座过哈佛、斯坦福之后，再返回区区五百亩的母校，才惊奇地感到了它的小。

尤其是，我当年独唱的那个会堂，印象中曾是如此高大上，而眼下它竟是如此狭小！

可即使这样，还是可以毫不打折地说，正是南大的格局和位置——当然是指它早先的鼓楼校区，才塑造了我对一所学府的理解，觉得唯有那样子才像个校园。一方面，正因为我母校坐落在市内，无论鼓楼还是新街口、三山街，都属于抬脚就到的热闹街市，所以我到现在都还习惯不了，一所大学竟可以远离市区，不光是大山里的爱默思学院，也包括另起炉灶的芝加哥大学，都让人生出离群索居的寂寞。而另一方面，我母校总还有个闹中取静的校园吧？而这就让我受不了纽约大学，它虽说坐落在繁华的曼哈顿，却只有几幢孤零零的高楼，下了电梯就走进了车水马龙，连个能散散心的校园都没有！

更加惊喜的是，真等熟悉了南大我才发现，原来家母那张旧日的毕业照，正是在那座北大楼前拍摄的，它在那时候就爬满了常春藤。当然，妈妈当年读的是金陵女大，而南大只是占了金陵大学的旧址，可我还是宁愿想象着，自己跟家母读的是同一所大学。正因此，这篇文章才取名为"金陵求学记"，以示是沿着家母的足迹走来。依稀记得，从南大门口的那条汉口路，向西穿过一条宁海路，越过一个不太陡的山坡，就可以来到妈妈的母校了——那据说是全亚洲最美的校园，有着贯通各个建筑的、雨天都不用打伞的回廊，还总是流淌着叮当当的钢琴声，以及飘过来轻盈笑语的姑娘，她们应和妈妈当年一样，温柔、纯真而美丽。

我虽然也算是生在江苏，可苏北和苏南却差距很大，由此从小就常听人讲那个"南方"，生活上如何富庶又如何精致。于是也就可以想象，到南京来不光让我见了世面，还头一次尝到了很多美食。特别是，由于我此前曾工作过八年，有资格带着工资来上学，这就比那些光拿助学金的同学，有了更多的条件来满足口福。无论是早餐的粢饭和烧麦，还是晚餐的盐水鸭和烧鹅，更不要说鸡鸣酒家刚出笼的汤包，大三元现做好的萨其马，对我都算是前所未知的美味。到了后来，我更扩大了探寻的范围，一直吃到了秦淮河那边去。而且这样的习惯，我也一直都保留了下来，一旦涉及对哪座城市的评价，无论是杭州还是深圳，也无论是巴黎、海德堡还是旧金山，其饮食文化的水准高低，都在我心中占了很大比重。

当然，也不是一门心思当个"吃货"，至少美食和美景是要并重的。在南京读书和教书的那几年，我大概把所有的名胜都访遍了，什么玄武湖、莫愁湖，什么中山陵、明孝陵，什么雨花台、燕子矶，什么总统府、中华门，什么石头城、栖霞山，什么九华山、鸡鸣寺，就连阳山碑材都专程探访过。不过，最符合我个人心性的风光，还不能是大老远赶过去的，那毕竟不属于日常的起居，不能让你竟日都在画中游。由此，在南京所有的美景中，给我留下了最深印象的，反而是紫霞湖里的天光云影。有段时间，我每天都骑车去那里游泳，而在洗去了一身的燥热之后，再不经意地从湖水中举目，看到蓝天、碧水、青山和白云，弄不巧就凑成了神来的构图，恍然觉得置身于人间仙境。

更让我在省城里大开眼界的，还有在家乡看不到的演出。想当年，不知是红卫兵们网开一面，还是他们根本就弄不懂，总之我们家在被抄罢以后，还残留下了不少黑胶唱片。于是，在我当年的听觉世界中,除了外边震天响的样板戏,还有家里偷着放的西洋乐,什么《斗牛士之歌》《跳蚤之歌》啦,什么《西波涅》《被出卖的新嫁娘》啦,这都是早就能跟着哼唱的乐曲。正因此,令我兴奋不已的是,正是在草场门的南艺礼堂,我居然听到了那些唱片的原声,比如魏启贤、温可铮、刘淑芳的演唱。此外,还有傅聪对肖邦的演奏等等。由于那只是些教学活动,所以来的虽都是大名流,可音乐会的票价却并不贵,所以我几乎可以每演必到,以至温可铮来唱过几次,我就一场不拉地听了几次。

只不过,兴奋之余又颇觉怅怅,因为我当初并未报考哲学,恰是想学南艺的声乐演唱。等我后来也在南大教书了,才知道是哪位同事偷招了我,他竟是如此乱点鸳鸯谱!南艺的李宗璞老师就住在附近,我有段时间到她家去上声乐课,而她曾经很抱憾地对我讲,即使教了这么多年的声乐,我的条件都还算是"第二好"的。正因此,尽管我不再能"靠歌唱而生活",还是忍不住加入了校文工团,并且担任了它的声乐队长。另外,又由于我一向爱好文学,在这方面得到了家父的遗传,所以也常常赶在演出之前,即兴地创作出一些新的花样。那首雄姿英发的《前进吧,南大》,就是我信手拈来地写了歌词,而另一位雅通音律的秦晓琪,又倚马可待地为它谱了曲,而当晚就被同学们给传唱开了,还被当过很长时间的"代校歌"。相形之下,倒是那些更有难度的音乐,不容易马上被同学们接受,往往落得吃力不讨好,比如有一回我就在那个礼堂,演唱莫扎特的《费加罗咏叹调》,同学们以往当然没听过,也没想到还有这么长的歌,就连续为我插入了三次掌声,热情得简直让我唱不下去了。

哲学这种艰涩的专业，可不是任谁都学得会的。所以万幸的是，我总算及时地从那中间，找到了新的、可以持续的兴奋点。说来见笑，其实只是到了南京以后，我才喜出望外地发现，如果以前都要先出完苦力，再用省下的钱买书来读，那么现在竟有这等的好事，只需把书读好就足能谋生了！这对一位嗜书如命的人，可以算一项重大的发现，因为从此在我的生命中，就不会再是一阵子痛苦、一阵子快乐，而是一天到晚都充满快乐了。充其量，也只是从这种转成那种快乐，比如从享受美食和美景之乐，转换成享受阅读或聆听之乐。这一下子，就把整个的人生都点亮了，因为我原本就如此爱读书，加之又有其他乐事来佐助，也就一路欢欣地阅读下来，即使至今也还要读过了子夜，才再痛痛快快地洗个澡，美滋滋地去享受那"一枕黑甜"。

那么，为什么这么快就愿意以思想为业了？当然还是因为适逢那个八十年代，足以很快就被自由思考的激情点燃，虽说我们当时并没有意识到，那在共和国的苦难历史中，到现在都还是不可复制的，可被称为真正的"黄金岁月"。即使在积重难返的课堂上，一时间还学不到什么东西，但我总可以堂而皇之地逃课吧？而且，好像也没人就此责怪过我，反正他们也知道，我不是逃到图书馆或书店，就是去听什么更有意思的讲演了。回想起来，我正是在北院门口的书报亭，买到了刚出版的《批判哲学的批判》，从此才体会到了思想的魅力，并决计将来要考李泽厚的研究生。我也正是在南师大外语系的课堂上，系统了解到了西方的现代派文学，从而别出心裁地构思了《西方的丑学》。实际上，这并非只是我一个人的事，目前国内各所名校的文科翘楚,主要还是那个年代成长起来的,说明当时自由开放的学风,比别的什么办学条件都更重要,也更关键。

只需举一个小小的例子,就能说明当时的风气有多么自由,而我们又多么像是初生之犊。即使还只是稚嫩的本科生,我们也敢在校门口贴出海报,大张旗鼓地要做学术报告。而我一旦心里有了康德这样的大哲,便倾向于更加人性的早期马克思,由此也便同权威的孙伯鍨老师,在一系列的问题上分道扬镳。实际上,也不能说他就完全不压制,毕竟他每次上课都要大段地批评我,似乎我在各方面都想入非非了。不过,在当时思想解放的高潮中,他那种温和的,有时又显出几分爱才的压制,不仅没让我感到丝毫的害怕,反而让我觉出了砥砺甚或怂恿,因为就这么辩论来辩论去,我反而觉得自己的功力大增,也逐渐对应着他的权威解释,而让自己的"系统理解"发展成型了。也正因此,带着心智成长之后的信心,我才在临近毕业的前夕,在刚进南园的大黑板上写道:

> 母校,过去我们曾因你而骄傲,
> 而很快,你就会因我们而自豪。

当然,读书作为我们毕生的志业,注定不会有彻底完成的一天,而我们受它的内在驱动,也是注定了一辈子都不会安分。就我个人的情况而言,这种不安分充分显示在,一旦我被毕业分配到了浙大,尽管杭州也至少是同样的美丽,可我还是一往情深地怀念着南大;而待到孙老师费了好大的劲,把我又破格调回了母校母系,我却在他家当晚的餐桌上，就跟他当面锣鼓地呛呛起来。如果仅以世俗的眼光来看，这确实可说是"不近人情"，然而要"做学问"就只能如此，否则或可算个合格的俗人，却绝不能算是合格的学者，这一点也恰是孙老师教给我的。而反过来，学者的关照毕竟要更超拔、宽广，所以谁要是了解他对马克思的那种解释，就知道真正"不近人情"的并不是我了。无论如何，一旦觉察到了"道不同不相为谋"，我也很快就准备要进京赶考了。当然也可以说，从心智成长的企求来看，那时候的南大校园已有点局促，不再能充分地满足我的胃口了。——而事实上，即使来到了北京、来到了李泽厚老师的门下，也并不能总是满足我的读书愿望，也正因此，我才把探访的触角又伸了出去，到世界各地的名校去广为搜求。

而我这种毕生不懈的搜求，一方面是迄今也未曾消歇或满足，否则我就不会自己越写越上瘾了；而另一方面，这也使我获得了更大的能力来报效家乡，特别是南京那两家主要的出版社，使它们分别拥有了国内最大和国内第二大的两套傲人的丛书。——这或者也算是我对"金陵求学"的一份回报吧？毕竟说起来，我的生命虽是在徐州养育的，却是从南京开始自主起飞的。

2017 年 7 月 16 日于清华学堂

江苏文脉的激活

——从大学发展的角度看

应邀到以"江苏发展"为题的会议上发表主旨讲演，不仅让我由此而深感荣幸，也同时想到了自己的责任。我的祖籍虽然在山东峄城，可我本人却出生在江苏徐州，而且也就在那一方水土中长大，再来到南京大学读书和教书。此后，我虽然为了深造而负笈京城，却一直跟江苏的同乡，特别是这边出版界的同仁，保持着富有耐力的长期合作。久而久之，我在这边主持的丛书已达六套，包括在国内规模最大的"海外中国研究丛书"，和规模第二大的"人文与社会译丛"。在既成果丰硕，又煞费苦心的合作中，我不断感受到了家乡父老对于文化的挚爱，也正因此，晚近我又正和江苏人民出版社的同仁们，在规划另一套纯属原创的学术丛书——"梧桐书丛"。如果它能够顺利出版的话，就将是我为你们主持的第七套丛书了。

还应当补充说明一点。操持学术出版虽然劳心劳力，但它对我却并非只意味着"牺牲"，因为正是在这种接续的合作中，才使我本人哪怕只是从心情上，得以从学院的高楼深院走出来，获得服务于并有用于社会的感受；而且，也正是这种"仍然有用"，甚至"天降大任"的感觉，才足以构成强烈而持续的心理发动机，让我至少比较容易从疲惫中快速恢复过来。此外，这类的主持工作只要能真正投入进去，也不像寻常往往误以为的那样，只是在"为人作嫁"而耽误自家学业，相反倒会使视野变得更加开阔与敏锐；也正因此，我们清华国学院的前贤如梁启超、王国维，当年也都进行过与此相似的主持工作，并且借此而大大提升了自己的学术境界。

不过，在简单交代完这些之后，我就要径直切入"江苏文脉"的话题了，因为根据会议的通知，正是要我来讲这种文脉的继承与创新。从前边所讲的就可以看出，这种文脉一直都在生生不息地活跃着，否则这边的出版界就不会如此强大，甚至凤凰集团即便在全国范围内也属首屈一指。尽管建国以后的行省划分，把作为有机文化概念的"江南"，给简单而僵硬地切割开来了，但毕竟，我们还是可以从"江苏"这块地方，感受到最能代表中国文化魅力的、精致而发达的文化生活。相对而言，这里有着最为丰足、优雅、温润、敦厚的文化个性，也有着对于文化传统的最为沉稳的呵护与持守。这自然使我们回想到，早从将近两千年前的六朝开始，这里就荟萃了天下最多的文人士夫，从而承载了文化重心朝向南方的转移，并以独立而高贵的精神气质，多次倡导了引领全国的学术创造。

的确，即使在号称"大一统"的古代中国，文化中心也并不总是跟政治中心重叠的，尤其对曾经跟长安、洛阳、燕京并称为"京"的金陵来说，否则它也就不会依照方位而被称作"南京"了。别的不说，即使南京到后来只是作为陪都，然而晚明江南士夫的讲学之风，却曾跟北方的皇权遥相对抗，从而主导了整个知识阶层的舆论，并作为独立议政的学界清流，对当时的官府构成了巨大压力。而到了此后的清代乃至民国，则无论是昆山的顾炎武，还是南通的张謇，也无论是高邮的王家，还是无锡的钱家，也都是要么开一代风气之先，要么存满门治学之风，继续演示出此间的"人杰地灵"。也正因为这样，我们才可以理解，孙中山当年何以偏要选在南京，来建立中华民国的临时政府。毕竟，也只有这里由长期历史所形成的地望，所谓"钟山龙蟠，石头虎踞"的王气，才可以迅速在国人心中建立起中央的威信。

当然，也正是在这样的回顾中，我们也会不无遗憾地发现，这个古来素称富甲天下、曾被誉为"苏常熟，天下足"的鱼米之乡，也曾在发展中遭遇过偶然的顿挫。比如，要是没有明初的那次迁都，或者没有民初的那次迁都，那么，这里原本就会是整个中国的心脏。再如，要是没有太平天国的那次洗劫，或者没有日本强盗的那次屠城，这里的文化生态就会保有得更完好。更不要说，建国后那种统一而强制的行省建制，往往使历史在这里的丰厚积淀，也构成了某种无形的发展障碍。比如，假如没有来自江苏的足够支撑，大概原本隶属它的上海就不会快速发展；但反过来，也正因为沪上发展得这么快，它从民国时代起就逐渐脱离了江苏，反而把围绕它周边的江苏地带，都转变成了大上海的"后院"。再如，又由于要把江苏一连串的历史名城，强行纳入到单一的行省建制中，就使得像苏州、扬州、无锡这样的城市，尽管在历史上原都属于不可多得，却都要被强行压低它们的行政级别，无法配备起相应规模的综合大学。从这个意义来讲，甚至就连江苏以往的较好基础，也都对后来的齐头并进构成了障碍;也就是说,要是换到其他不够发达的省份,像这等的明星城市准会被推为重镇,可江苏却苦于这样的城市实在太多了。

坦白地讲,既然家乡父老给我出了一个难题,要我来讲讲江苏文脉的发展与创新,那么我作为一个生长于斯的人,出于发自肺腑的、不可推卸的责任感,也不愿无关痛痒地敷衍了事,因为我正是在上述历史语境下,来理解这种传统的历史与现实的。于是,又为了能更好地展望未来,我就一方面要切实找出以往的缺憾,以看出现实中的欠缺与不足,否则就无法寻绎今后的方向。而接着在另一方面,作为一个来自首都清华的学者,我还要再从"全国一盘棋"的角度,来看看江苏文脉在预期中的创新,究竟应当朝什么方向来激活。否则,我们就不可能非常自觉地,把这样一个局部性的发展,纳入全国的阶段性任务之中——那任务也属于一种更大"文脉"的激活,或者以我常用的表述来讲,是要建立起"中国文化的现代形态"。

我本人长期执教于高等学府,就先从我所熟悉的本行谈起,再来发挥它对于整个社会的辐射作用。单刀直入地说,如果 1952 年的那次"院系调整",是把以往综合与多元的教育格局,变成了仿照苏联的单一高教体制,由此既闭锁了民间和私立办学的空间,又开启了"重理轻文"的偏颇方向,那么至少,即使在那个国力单薄的时代,中国的高校都还享有它相对均衡的布局,从而并立或串联着当时的一串名牌大学。比如,当时在国人心目中,不光是有首都的北大清华和八大学院,也还有南大、南开、复旦、浙大、武大、中山、吉大、厦大,以及兰州大学和西安交大。在这中间,尤其要数我的母校南京大学,由于拥有当年中央大学的雄厚底子,所以即使是经过了

"院系调整"，仍属于不可忽视的学术重镇，以至于即使到了我们入学以后，当中科院在1980年重新评选时，北大和南大所拥有的学部委员，在我的印象中也只有很少的差距。

按理说，随着综合国力和宏观调配的加强，应当出现更合理而均衡的体制。可事与愿违，布局反是朝着更不多元的方向发展的。由于户口的松动和人才的流动，也由于中央拨款的明显倾斜，如今首都高校的优势是更加明显了，而其他地区的权重则大多相对下降。也许，唯一能稍许抵抗这种趋势的，就要数长三角和珠三角地区的大学了，部分是因为"孔雀"还愿意东南飞，部分则是因为这里相对雄厚的地方财政。可无论如何，由于并没有开启多元办学的空间，我们的高教体制就没有顺应着改革开放的大势，在经济较为发达、生态较为宜人的沿海，建立起一连串新时代的，或曰改革开放时代的名牌大学，这就使得我先后任教的北大清华，如果跟发达国家的哈佛耶鲁，或者牛津剑桥的情况相比，反而越来越像不那么开放的莫斯科大学，乃至德黑兰大学，或者开罗大学了。

换句话说，苏联式的失败经验反倒在加剧，这当然决不符合历史的趋势，而且这样的缺憾，还不是光靠增加经费就足以改变的，因为如果基本的体制无法理顺，那么越往倾斜的体制上增加投入，那个体制就反而会越加倾斜。无论如何，只要是太过集中和太过官僚化，就不可能展开有效的思想竞争，就不可能激发出真正的学术繁荣。如果说，建国初期的那次"院系调整"，其目的之一正在于思想的统辖，比如曾把全国的哲学系都合并到北大，让整个国家只剩下一个哲学系，那么，我们现在竟又看到了同样的情况，那就是很多原本身在江苏的优秀学者,也出于种种原因而集凑到了北京,包括我目前所在的这个清华国学院,从而越发加强了北京的优势地位。其实,也正因为如此,才会出现刚开始所讲的情况,那就是尽管江苏的出版业高度繁荣,但它主要是由北京学者在进行支撑的;而且,即使这种情况维持了很多年,也没见到沿着这种卓有成效的合作,再在本地进行进一步的整合,从而发展出具有造血功能的知识生产机制来。

当然不必太过沮丧和失望,只要还能去正视这些问题。实际上,一旦发现了这种不正常,也就发现了进行改进的余地,也便使得对于历史的自觉激活,找到了符合历史趋势的方向。凡是熟悉国际汉学史的学者,都知道那个"费正清的鱼缸"的故事,即只要是想要发展"中国研究"的大学,都会到哈佛的鱼缸里去捞两条小鱼,于是列文森就去了伯克利加州大学,芮玛丽就去了耶鲁大学,柯伟林就去了华盛顿大学,傅里曼就去了威斯康星大学;此后,列文森又在伯克利教出了魏斐德,而魏斐德的弟子周锡瑞和曾小萍,又被输送到了圣地亚哥加州大学和哥伦比亚大学,如此一窝窝地"蜜蜂分巢"下去,终于导致了"中国研究"在全美范围的繁荣,乃至造成了美国汉学相对于欧洲汉学的优势。正是在这样的对比下,即使我本人是长期任教于那两所顶尖大学,但我还是要直言不讳地指出,尽管北大清华都是国家的荣耀,但如果过于在意去维护它们的荣耀与势能,使之在学术上越来越享有"一言堂",反倒不利于整个国家的文化发展。相反,只有把一把好牌分发到大家手里,才能构成大学间的竞争动力,才能导致学术思想的杂交与强健。

因此，正是上述两个层面的发展缺憾，反而共同引出了激活江苏文脉的方向。在这里，为了让这种方向显得一目了然，可以用一句话来挑明我的建言，那就是参考着古今中外的正反经验，理应利用江苏在各方面的现有基础，去既循序渐进又坚定不移地，把它的仍然享有相对优势的高校群，打造成像美国加州大学那样的"大学联盟"。要是能够做到这一点，则江苏的文化便可得到更均衡的发展，乃至整个中国的文化，也都可以由此而得到更均衡的发展。所以，无论从哪个层面看，这都属于"有百利而无一弊"的事情；而且这样一来，江苏的发展与全国的发展，也会呈现出更加同步和促进的关系。

从正面来看，中国的经济总量已经跃居为世界第二了，甚至可以乐观地说是在世界上"坐二望一"了；但从反面来看，我们国家却仍有可能陷入"中等收入陷阱"，也就是说，仍有可能陷入发展的长期停滞，甚至因此而陷入更加全面的困局。那么，究竟如何完成进一步的突破，让整个国家得到繁荣昌盛和长治久安？我在前年年底腾讯网的获奖会上，一口气对此提出了"六点忧虑"，包括对于环境的忧虑、对于人口的忧虑、对于体制的忧虑等等，而其中相当突出的一点，正是对于"创新能力"的忧虑。正如阿玛提亚·森在《作为自由的发展》中所论述的，只用"国民收入"来衡量必是片面的，只有等作为"能力"的"自由"也得到了发展，才可以是验证"一国福利"的终极指标。因此，只有等我们在"能力"方面也显出了相应的势头，乃至不亚于大洋彼岸的那个超级大国了，这种乐观的"坐二望一"才不会是一句空话。也正因为这样，我们眼下也就必须清醒地认识到，中国还远不具备沾沾自喜、故步自封的资格，还必须在从头理顺知识生产体系方面，下大力气汲取所有行之有效的经验。

无论如何，跟那种僵化的苏联体制相比，美国的高校布局远不是"大一统"的，相反，任何有头脑的人都很难想象，他们会把哈佛、耶鲁、普林斯顿和斯坦福，全都办到"天子脚下"即华盛顿特区去。还不光如此，当我于20年前首次在全美周游讲演时，如果东海岸那些著名的常春藤大学，已经让我感到了叹为观止的话，那么，恰恰是西海岸那一连串的加州大学，才真正让我感到了足够的"文化震动"。这是因为，一旦你几乎无论来到这里的哪座城市，都能看到一所具有相当规模、足够水准且高度活跃的大学，你就不能不由衷地发出赞叹，这个国家的学术界竟有这般的深度和厚度！尽管在《美国新闻与世界报道》的排名中，加州大学的各校区并不那么靠前和显眼，可毕竟它的伯克利校区、洛杉矶校区、圣芭芭拉校区、尔湾校区、戴维斯校区、圣地亚哥校区，也从来都会名列在前几十名；而如果我们再考虑到，同样位于加州的还有著名的斯坦福大学、加州理工学院和南加州大学，那就更会对加州的"富可敌国"印象深刻了。

因此，既然中国的国力正向那个方向迈进，那么我们对于这种精神资源的配置，就必须同样显出一种大国的格局，要打造一派多元并存、相互促进，既藏富于民，又养学于民的升平景象和豪迈气派。而眼下，我们一方面已经看到并承认了，以往那种不断"摊大饼"的机械模式，早把首都地区的肚子给活活撑破了，不然也不会溢出那个重建新区的设想来。可另一方面，如果就高等教育的布局而言，尽管不断出现各种要迁出分校的传言，可大家仍然很难合理地被说服，今后真正具有活力的文化增长点，会在这新一轮行政命令的呼唤下，就出现在那片根本引不出什么文脉的新区。——恰恰相反，至少在一个可以预见的时间段内，那里无论是干燥的生态还是生活，都不会是一个适于居住的所在，而发展初期的浮躁心态或秩序，更不会是一个适于思考的所在。要改变这一点，需要很长时间的努力。

在这个意义上，就不难顺理成章地想到，如果在首都以外的高等学校，就数长三角和珠三角保住了势头，那么，又因为广东主要是在力保中山大学，而浙江主要是在力保浙江大学，所以，也就只剩下江苏这一个相对发达的省份，保留下来的发展基座还比较丰富。比如，不光在南京一地就拥有南京大学、东南大学这样两所著名的综合大学，以及其他一连串的著名专科大学，而且在苏州、南通、扬州也都拥有当地的综合大学，此外还有位于无锡的江南大学、位于镇江的江苏大学，以及位于南京的南京师范大学、位于徐州的江苏师范大学等等，这证明江苏的高教配置还是相对均衡的。既然如此，就理应发出这样的展望：正因为江苏有着一系列的明星城市，而且它们在过去的发展中也曾受到了遏制，所以，这一串链条也就有可能在新的机遇下突然闪耀起来，顺势发展出一系列相映生辉的明星大学，或者说，是像加州大学那样由一系列优秀高校组成的、足以跟常春藤联盟分庭抗礼的大学联盟。

当然，即使依稀看到了通往远方的路，那条路还是需要一脚一脚地踩出来。所以，只要仍然下不了决心或者不能持之以恒，这种大学联盟就有可能还只是空想，并不会自动地显现为某种现实性。长期以来，我们只会用"短平快"的硬性指标，而不是用一个或一组追求"独立精神、自由思想"的大学,乃至于它们所晕染出来的、活跃于整座城市的文化氛围,来考核与验收一位地方官员的政绩。也正因为这样,才催生出了《人民的名义》中的那位李达康书记;而这样一位既有一点偏执,又有几分可爱的干部形象,又正是在你们拍摄的电视剧中创造出来的。这恐怕正好可以说明,江苏的干部们比谁都更多地意识到了,仅仅去单向度地强调经济发展,而没有社会发展和文化发展的配套,会带来偏颇的功利导向和总体的文化失衡,甚至终究会让一个地区"穷得只剩下钱"了。既然如此,要想建立起希望中的大学联盟,就首先需要上上下下的普遍共识,特别是省市领导层的普遍共识,而且是连续多少代领导层的普遍共识,就像我当初替你们设计的那些丛书选题,要是没有江苏人民和译林几代老总的接力,那也不可能成长为国内首屈一指的两大学术丛书。

那么,究竟怎么再把新的传统熬出来?跟前边的话题一脉相承,还是不能只去单向度地看问题,也就是说,不能只把它理解为经费的追加再追加。既然想把这里打造成新的文化中心,那就需要首先调研清楚,一个名副其实的文化中心,究竟需要哪几种最基本的要素。我十几年前曾在伯克利加州大学,做过一个题为《北京文化的三原色》的讲演,从而现身说法地解释过这个问题。大家知道,光学上的所谓"三原色",是指足以调出各种颜色的"红黄蓝",而我也正好借用这三种基本色,来代表同时在支撑北京学界的,来自政府(红色)、民间(黄土)和国外(蓝海)的资源,从而指出北京的文化特色到底在何处。也就是说,在中国目前的所有城市中间,也只有那里的文化调色板,相对地尚不缺乏足以模拟自然的光谱,由此调出的颜色才更加连续、丰富和从容。耐人寻味的是,尽管北京当前的雾霾是如此深重,竟还是有那么多人想在那里买房子,而且主要在吸引他们的理由,还是那里的著名高校和医院;所以你们看看,就连北京那种畸形的房地产市场,也都是由它繁荣的文化在支撑着的,或许干脆说就是由这些读书人在支撑着的。

既然如此,如果真想建起由一串明星组成的大学联盟,那么归根结底,还是要从补足基本的"三原色"入手。要从总体的文化氛围进行检讨,为什么这边的生态要优越于北京,这里的生活也要精致于北京,然而读书人一旦有了机会,无论是在成名前设法考过去,还是在成名后设法调过去,总还是在向往那个文化的中心。我这样讲并不意味着,地方上的大学就没有优秀的学者,尤其是并不意味着,地方上的大学就没有读书的种子。然而,只要当今的高教格局不改变,那么新一轮读书种子就势必会,要么因为外在条件的相应限制,而未能如愿地成长为领军人才,要么则靠自己本人的超常努力,而终于成为了那样的领军人才,于是就等着再被集中到北京去。所以,我在这里要特别提醒一句,正因为素有前边赞扬过的"温润、敦厚"的个性,就更要着力培养这里的自由讲学之风,要像爱护眼睛一样地,去呵护和鼓励心怀天下的志向,否则这种个性就会变为"柔弱"甚至"懦弱",而治学的格局就会显得局促而狭小。惟其如此,这里才能顺利地而且成批量地,既能培养出,又能养得住、留得下一流乃至超一流学者。

令人欣喜的是,要是真能建成这种大学联盟,我们就很容易再接着发出一步步的畅想。比如,第一,在江苏省的这一串高校内部,就足以产生出更多的研讨学理的张力,从而彼此互动地激发出学术发展,共同促成整个地区的文化繁荣和风貌改变。第二,在学术研究范式日新月异甚至转瞬就斗转星移的时代,就像加州学派当年曾经做过的那样,这里的大学联盟也可以利用其"后发优势",在许多重大的方向和领域进行"弯道超车",而不再只是亦步亦趋于原有的学术中心。第三,这样做至少也是部分卸去了"大学排名"的压力,从而解脱了单纯经费数量上的恶性竞争,因为再要进行比较的话,将来的参数也不会再是单纯的哪一所大学了,而是整整一组可以同时进入前列的大学,而且它们作为一组联盟的实力也将无可匹敌。第四,更重要和更贴近的是,江苏省内的发展会更加均衡与合理,不会让税收偏向地仅仅流向某一个城市,从而江苏的考生也就有了更多的选择,不再会即使考分远远高于其他的省份,也仍然不能如愿而公平地升入较好的大学。

最后,还要谈谈大学对于城市的晕染与回报,也正因此,我这篇讲演才不是仅仅针对大学的。正如刚才对于北京文化的分析那样,一方面,不能把大学只看成费钱和烧钱的地方,而要看到一座城市乃至一方水土,其最为美好和最为高贵的拱顶石,正在于它那种既欣欣向荣,又享有盛誉的学术文化,所以在这个意义上,大学的"无用之用"反而有它的"至用"。另一方面,也不能把"文化"理解得太过狭隘,说白了无非是一种旅游业或者拍卖业的心态,满眼只盯着老祖宗留下什么值钱的遗物,却视而不见这里还活跃着哪些学派,这里正研讨着哪些难题,这里正运思着哪些头脑,这里正成长着哪些大师,好像那些老祖宗留下的后代倒反而不值一提了。无论如何,尽管我们眼下还无法未卜先知,这里最终是否会拥有这样的大学联盟,但我们至少可以确切地知道,哪座城市拥有了那样的大学,乃至哪个省份拥有了那一串大学,那座城市就会得到文化的更多滋养,而那个省份就会拥有令国人向往的明星城市链。——也只有到了那个时候,回到我们这次讲演的主题,我们才可以毫无愧色地说,"江苏文脉"是被我们"传承"下来了,是被我们"创新"出来了,是被我们朝着一个辉煌的方向激活了。而这样一来,我们自己在这条文脉中的地位,也就不再会是空白一片了,甚至也能为后人留下点什么,供他们去凭吊,去收藏,去追思,去怀想。

2017 年 5 月 23 日改定于清华学堂 218 室

北京文化的另一面

　　有些词语的含义，总是变来换去的，叫人捉摸不定。就拿"文化"这个词来说罢，过去它曾被约定俗成地当做文人雅士的专利，甚至官府还设立了专司"文化"的衙门，来统辖和管理这类精神活动。可如今，精神贵族们的"社会封锁"却被急剧的市场化和世俗化破除殆尽了。有些人兴高采烈地发现，原来"文化"向可分为雅、俗两类，它们不光各有各的地盘，势如井水与河水，而且还未见得必有高下之分——有时"大俗"恰乃"大雅"之谓也。

　　我觉得，上述语义的变化，未尝不可视作知识领域的拓展，俾使我们把研究领域拓及各个文明层面，对历史与现实都了解得更全面圆通。只是，大家切不可忘了一个很要紧的前提：无论想要处理的对象是雅是俗，谈论"文化"者总得先有点文化，否则就很可能"一俗障目"地走到另一偏去，反以为世上唯有俗物才堪称"文化"，甚至把"媚俗"当成文化工作者的"己任"了。

　　比如，在时下被炒得很热的对于"北京文化"的种种议论中，就很能显出这类偏颇。前不久，朋友们先把我拉去切磋了一回《城市季风》，又把我邀去观看了一遍《北京大爷》，遂使我忍不住要就此发点儿议论。大概并非完全巧合的是，这两部作品虽属迥然不同的文本样式，但其作者却都出身于更讲求实利的南方，缘此他们就不约而同地沿用了商业大潮裹来的功利标准，来甄选和评定"北京文化"的某些方面（尽管在《北京大爷》的戏文中，剧作家的这种倾向似因林连昆先生极为投入的表演而有所冲淡）。由此一来，京城的总体风貌就难免要被从门缝中看扁，而本来是缘出于两种价值理性的深刻而复杂的冲突，也就要被一句"世界潮流浩浩荡荡"的喻告给消弥了。

倘非我碰巧也是来自南方的移民，讲出上面的话来，怕就要被人疑心是在偏袒"北京文化"了；所幸的是，笔者在这方面总算还有些"免疫力"，尚敢平心发点儿公允之论。记得自己以前在浙大及南大教书时，就曾对北京这个城市产生过十分矛盾的印象：一方面，这里无疑有更浓的学术气氛和更好的治学条件，使人下车伊始顿觉"得其所哉"；另一方面，这里在生活上又确有诸多不便，也使人过不多久就怀想南方的市井风情。尽管经过两相权衡，鉴于前者对于读书人更为重要，我后来还是卜居京城了，却仍在书房里久挂着"休说鲈鱼堪烩"的条幅（谢谢庞朴先生的惠赠），惟恐自己又生出归去南国"求田问舍"之念。所以，读者们尽可放心，这篇小文总还不至于像国安队的狂热球迷一般，嚷嚷着要来"教训宏远队"。

从历史的成因看，京城之所以会给人如此相反的感受，盖缘于其社会结构的畸形。自打秦代以来，无论我们这个郡县制大帝国定都于何处，都势必要求该城主要去执行政治和文化功能，而非经济功能。因而，与自然形成的普通城镇截然不同的是，中国的京都从来就不可能只靠消费自身的出产而过活,更需仰仗外省的漕运输送。而由此又导致了,京师的人口亦大抵要由"坐轿子的"和"抬轿子的"这大两部分所构成,或者用句时髦话来说,它是相对而言更短少"社会中间阶层"。我们仅以"饮食文化"为例,就足可窥知烙在北京城中的这种历史印迹:这里绝不会做出成都街头或秦淮河畔那种满足中等市民需求的精致小吃,而只能要么就供应满汉全席之类的豪奢酒宴,它们无非是以四方的贡品来象征"普天之下莫非王土",实属中看不中吃的样子货,要么就供应白汤杂碎之类的粗砺下饭,它们无非是把大户丢弃的垃圾又拣了回来,权充下民的果腹之物。惟其如此,到了这个"斯文不如扫地"的年头,穷书生在京城便尤觉"居大不易"了,他们为了贪读几本往年的"士夫之书",必得勉力下咽昔日的"轿夫之饭",直是付着双份的辛苦。

然则,物质与精神间纵有如此之落差,大凡受后者吸引而云集于此的文化人,总还不至于忘记,北京文化毕竟又有雅的一面,否则负笈京师的学子们就不会这般如鱼得水,反而很难再适应故土的文化氛围了。出身北大的李泽厚先生曾对我讲,他经常趁夜静无人时分,独自到未明湖畔悄悄漫步;我又有个从燕园毕业的师妹,每逢得便去探望一下母校,总会忘情地讲自己"又回北大了……"他们的心态都颇可深玩,说明一方文化宝地会有何等强大的精神向心力,给有心问学之士留下怎样深刻的家园之感。北京给天下读书人的印象也正类乎此!无论在其他方面尚有多少未尽人意之处,这座城市都还在文化方面保有着独特的魅力,而比外省的任何城市都更能使人们的狭小心胸得到净化。我本人既是蒙此感召而来,且在此间其乐融融，当然也就很愿意把北京文化的这一面传达给大家。缘此，我不仅自己外行客串，起草过一个以北大校长蔡元培为主角的脚本，试图把当年红楼的盛景及趣闻搬上舞台，还曾力劝擅写历史题材的钱刚兄，拿出比创作《海葬》更大的劲头来，以传记文学的笔法去描画清华导师陈寅恪的神采。惜乎由于种种缘故，这些计划至少都暂时搁浅了，实令人引以为憾……

但今番观罢《北京大爷》之后，我却找到了一点自我原谅的借口，因为北京人艺近来的衰落足以证明，即使自己再挤出时间把本子细改一过，也很难央求别人排练好这出戏了。尽管乍看上去，人艺的风格好象还承袭了原有的家数，可认真推敲一番，却觉得此中竟大有"画虎不成"之弊。过去，老舍先生的剧作虽亦以表现京味儿为特色，但其文化蕴涵究竟深厚得多，所以其立场总还不失为"以雅观俗"，并能"不落俗套"地做到"点铁成金"；可他的某些仿效者，却邯郸学步地把戏路越走越窄，每每流露出"倚俗卖俗"的腔调，竟把整个舞台都污染得"俗不可耐"了！老实不客气地说，从《鸟人》到《北京大爷》，北京人艺的这种局限性实在是日益昭然，越来越暴露出剧作者在文化修养上的薄弱。他们居然误以为所谓"北京文化"只意味着疏懒闲散偷安逸乐的"八旗文化"，遂一心要嘲讽它在市场经济下是如何地不合时宜，殊不知略翻一下古书就不难发现，自己笔下的那类"闲人"实属中国历代京城中的共有现象——这号人无非是寄生在豪门檐下的无业游民，岂有让他们在京师"独领风骚"之理？

正因为这样，我们或许就得进行一点儿补充和修正，着重指出北京文化的另一面：即使社会转轨的骨节眼上，读书人遭受的漠视不仅已属"空前"而且肯定"绝后"，即使在市场大潮的冲荡下，京城也差不多同样在沦为"十里洋场"，但相形之下，人们在这里总还较多地护持住了精神劳动的必备条件，从而使之不失为"天下归心"的文化都城。一方面，这里可以向求学者提供更多的思想养料、更快的学术信息、更浓的治学气氛和更强的交谈对手，使之在学业上得以精进；另一方面，远为重要的是，这里对移居于此的文化人还绝少排外倾向，而更象一座早为各地翘楚搭好的大舞台，专等着他们来焕发创造的才能。准此，我们就绝少看到，人们在定居首都以后，还曾强烈地意识到自己的省籍；也就是说，他们毋宁会首先意识到自己是一个"中国人"，从而更自觉地关切着整个中国的命运。所以我们不妨说，就培养人们宽广的"天下意识"而言，北京这座城市的功能仍是无与伦比的。

我当然无意在此摆出一副"精英"的架式，把北京文化的这一面说成其主流或主宰。但我们至少有理由说，既然在各个文化层面间总还存在某种互动的关系，昔日北京的"俗文化"便势必会受到其"雅文化"的熏习，而绝非如人们现在误解的那般"恶俗"。我们看到，正是为了投合市民对于文化的普遍崇仰之情，就连那些插科打诨的传统相声段子，也多要以卖弄学问附庸风雅为噱头，足见其所受教化之深；另外，出于同样的原因，北京城里的百姓向来比其他城市的民众更关切国家大事，这也是曾被已往的历史一再证明过的。——真希望以后能有更多的作者着墨于此，因为它决非只涉及如何反映北京实情的问题，还更关联到如何阐扬传统资源的问题！

寄语故乡

　　家父刚刚寄来了他新写的《改名得福》，并叮嘱我"抽空给《徐州日报》写几句话"。我只得权且放下手头的工作，先来复家乡父老之命。

　　我想先对父亲的文章做些补充。非常抱愧的是，由于我总是无暇修书回家，即使得便拨个长途，也只是匆匆问候一下父亲的起居，遂使他对我的工作及心态均不十分了解。因此，家父所介绍的有关情况，往往只是从别人那里间接听说的，并不见得完全准确，而他所提及的那些拙文，也多是从报纸上偶尔读到的，亦未见得算我的悉心之作。任何人都要对他所属的生活共同体承负责任，故而我有时也会应各种传媒之邀，就一些社会问题发表个人的看法。但作为一个学者，最令我耗神费力的，仍要数自己背负的学术使命；只可惜我为此撰写的东西都太专业化，离开狭小的学界圈子便无人爱读了。

　　而更为重要的是，无论一个人最初选择学业的动机如何，作为一种"天职"或"志业"的治学生涯都会使其人格有所升华。要是有谁到头来仍只是为了追名逐利而求学问道，其胸次就显得太过浅陋

214

了——遑论这种人也很难真正在学术上登堂入室！因此，家父文中对我等"立志图强，要出人头地"的描绘，实属其"舐犊之爱"的特殊表达方式，亦乃人之常情耳，幸请读者们勿生误会。真要论说起来，此中的甘苦倒毋宁是：休说"做学问"本非为了"做名人"的，即便有人于无意间浪得了浮名，也绝不如俗常想象得那样值得艳羡——那些无休无止的催稿电话、无穷无尽的开会通知、无着无落的写作计划，足以把你折磨得食不甘味夜难成寐，反使生活质量远不及常人……

当然，搞研究亦自有其"苦涩中之微甘"，滋味很象福建人爱喝的功夫茶，否则我也就不至于乐不思蜀，连故土都很少探望了。北京这边尽管在生活上有诸多不便，却仍算得上一个做学问的好去处。它不仅能向你提供更多的思想养料和更强的交谈对手，使你在学业上得以精进，而且还不像别的城市那般排外，相反倒好似一座早为全国人搭好的大舞台，专等外省的翘楚云集于此一显身手。职是之故，大凡负笈京城的学子，都不会染上太重的乡愁；他们很少念及自己只是个"浙江人"或"山东人"，而首先觉得自己是个"中国人"，具备了更为宽广的"天下意识"。所以不瞒大家说，我的确跟来自各地的学友一样，是把北京当成了"第二故乡"。

但这却决不意味着，我曾经片刻稍忘过自己的"第一故乡"。那里毕竟不光如家父的文章所述，出现过勒令我们兄妹限期改名的凶神恶煞，也还生活着我孩提时代的启蒙老师、少年时代的至交好友，以及青年时代的初恋情人。而正由于在记忆中珍存着后者，对一个久离的游子来说，家乡才显得如此美好——那里的山色绝不下于香山,那里的湖光绝不亚于昆明湖,而那里的姑娘更是风姿绝伦娇艳无匹……不管这些故旧是否象我这样对往日频生怀想,只要其中有谁碰巧读到了这篇小文,我都要为自己的久疏问讯而诚致歉意,并借机寄去衷心的祈祝。唯愿我们还能有缘把酒话旧,开怀畅饮故乡的佳酿。

最后我要说,徐州所以一向被"兵家必争",盖因其地处中国的腰部,无论南征北伐总要以此为要冲。此种独特的地理位置,曾给父老们带来频繁的战乱,这是深可痛惜的;然则话说回来,得享南北通衢之便利,今番又使家乡的发展获得了很大机遇,这也已不言而喻。而作为一个文化人,我对故乡特别寄望的则是,大家切不可急功近利,只把这种发展机遇看成经济上的。其实,也许恰恰因为生长在祖国的腰眼上,才使从那里走出的人们既能禀有北方文化的豪迈耿直、又能禀有南方文化细致精巧,从而一再地于艺术和学术诸方面崭露出骄人的才华。——真希望那一片故土能在经济起飞的基础上,也逐步发展成为一个文化中心,而使今后的孩子们不必再像我这般背井离乡,也照样焕发出其精神创造力!

1995 年 11 月 17 日于京西寓所

悼念我们的父亲①

今天,我们在这里经历人生最残酷凄绝的一幕——向亲爱的父亲作最后的诀别。

父亲一生所经历的苦痛,根本是难以想象的。他年仅七岁就患上了严重的支气管哮喘,跟这种憋得胸口透不过气来的病痛整整搏斗了六十余年。最严重的时候,他竟需要每天往自己的肚子上打十几针,这岂是常人可以忍受的!记得他跟我说过,当看到苏联作家法捷耶夫为了同样的病痛而自杀,他内心曾大受震动。然而,他终究选择了更坚强的人生道路,不停地寻医问药,认真地吃药锻炼,而以如此病弱之身躯,得享了一个正常人的天年。这是对于生命的怎样的珍摄、敬重与护持呀?

除了先天的病痛,父亲更经历了人为的折磨。由于极"左"政治企图压制最起码的社会责任感,他匪夷所思地以非常温和的建言而获罪,不仅从此无法施展自己的才华,而且在"文革"中长期失去自

① 2002 年 12 月 9 日向着父亲念出的诀别辞。

由,甚至被迫拖着病体从事重体力劳动。这顶现在看起来简直是政治笑话的右派帽子,当年像巨大的磐石一样压在全家人心里,不仅给父亲带来了精神和肉体的双重折磨,也使我们的童年彻底失去了色彩。正因此,后来我才在南京大学写过这样的诗句——"我没有到过韶山/ 那些年,我不敢/ 因为在我还没有断奶的时候/ 父亲的胆太大了/ 以至于他身上过多的胆汁/ 那么涩那么苦的胆汁/ 通过他身上永远无法愈合的伤口/ 点点滴滴,滴进全家的碗/ 整整滴了二十年!"

然而,父亲却是乐观的,这乐观既来自他的天性,也来自他的教养。他有一支漂亮的生花妙笔,每逢诗兴大发,就忘记了自己的病痛,也忘记了不公正的待遇,畅游在一个想象的自由空间。即使在最艰难困苦的场合,他周围也簇拥着一些文学青年,他孜孜不倦地开导他们,既培养了许多人才,也获得了个人的快乐。我本人的文学爱好,也同样是来自这样的家学。他后来非常喜欢回忆:他刚从隔离审查中解放出来,我就拿了一首《夜读〈法兰西内战〉》给他看,使他惊喜异常。而现在回想起来,其实那首诗已经显示了我主要的智力取向,既包括对文学的兴趣,也包括对理论的思考。所以毫不夸张地说,没有父亲当年的启蒙、诱导、修改和切磋,就不会有今天我这位北京大学中文系教授。

出于这种乐天的性格,尽管忍受着各种折磨,父亲给人的印象却是爽朗豁达,不拘小节,笑口常开,和蔼可亲。他从来都不缺乏幽默感,从来都能表现出同情心,就连对"文革"中迫害过他的人,也不计前嫌地出手襄助,由此他就有很好的人缘,孩子们都由衷地喜欢他。正因为这样,在他整个的人生路程中,就有许多人热情地帮助过他。而其中最重要的两位,一个是我们的母亲刘世新,她在父亲蒙受不白之冤的艰难时刻,跟他和衷共济,并把我们三个孩子抚养成人,而且是严格异常地抚养成人 ——正因为这样,后来才有了"东、方、红"同时考上大学的佳话,那是我们家里真正的破晓;另一位就是我们的妈妈张三芝,她跟父亲的彼此恩爱,简直是外人难以想象的,以至于父亲每次短暂地跟她别离,都会觉得寝食难安归心似箭。整个回想起来,张妈妈跟父亲共同生活的这二十年,正是父亲过得比较幸福舒畅的二十年,也正是使得父亲不虚人生之行的二十年。——为了父亲最后安享的晚年,我们都衷心地感激张妈妈,让我们深深地向她鞠躬致谢!

父亲对于我们这些儿女,更是舐犊心切。每当我们遭逢一点波折,他总是心急如焚,尽力营救;而每当我们获得一点成就,他也总是兴高采烈。他还专门在报纸上撰文,为儿女的成就表示自豪。所以,尽管他逢人便夸儿女孝顺,却并不把我们留在身边,生怕耽误了我们的工作。手术前他跟我说的最后一句话,也是"祝你在德国讲学成功"。可是,亲爱的爸爸,今后我们再做出新的成就,又该怎么样向你汇报?今后我们再想来尽孝心,又该到哪里去找你呀!

父亲跟病痛搏斗得太久了,每一次又都能战而胜之,所以这回也同样充满信心,根本没有失去生活的勇气,觉得自己完全可以活下去。所以,尽管我们在这里向他道别,却很难相信他已经离开了我们。他的话语还在震响在我们的耳鼓,他的鲜血还流淌在我们的血管里,他的爱好还活跃在我们的追求里,他对于生命的热爱还保藏在我们的人生旅途中。正因此,无论命运是顺是逆,生活是苦是甜,我们都会像父亲一样,乐观而坚毅地对待它,把它当成必须完成的使命——亲爱的爸爸,请你放心吧!

父亲病重治疗和后世处理期间,得到了来自各方的关心和帮助,这些都让我们永志不忘。让我代表我们全家,也包括安详地躺在这里的父亲本人,衷心地谢谢所有来这里参加追思的亲人和友人!

附:父母碑文

父兮母兮　　鼓瑟鼓琴　　鸞鳳和鳴　　黽勉同心
橫遭世變　　地坼天分　　共擔家難　　繫我雙親
相濡以沫　　乃見情真　　生當執手　　死亦同槻
生我勞瘁　　育我勤謹　　約我以禮　　博我以文
明訓勵學　　只問耕耘　　不意春回　　齊躍龍門
家運再興　　百福重臻　　其情融融　　樂極天倫
倏成長訣　　人神兩分　　反哺無及　　泣血椎心
先考才高　　先妣德馨　　鑄我風骨　　永錫祚胤

生离与死别

噩耗终于被证实了！在再三的焦急催问之下，传真机上终于印出了这样的答复："傅伟勋先生是于 9 月中旬在美国加州动手术，由感染引至昏迷，而于 10 月 15 日不幸病故的。但此次手术却与他的癌症无关，而且他 7 月间还很活跃，临做手术前又写来了文章，因此他的猝然谢世，令大家均很愕然。"尽管早知他久患绝症，而未敢抱太大的幻想，但真等确证了这个消息，仍令人连声浩叹不已……

我平生其实最是做不来诔文的。记得上次为了送一位英年早逝的大好人，我整整在院子里兜了几小时，才憋出"天岂长眼，人安瞑目"八个字，却终于还是弄得"吟罢低眉无写处"了。但此番，我却非要修一封迟复的书信，遥寄给傅先生的在天之灵。

这是因为，在与海外学长的交往中，多是别人收着我的信未回，而唯独的一个例外，就是我还欠着傅先生的邮债未还。我满心以为，日后总有机会补写的。岂料他竟匆匆撒手人寰，遂使我无法不深责自己的疏懒。不管傅先生能否收到，我都必须写点儿文字，略表内心之痛悔。

更令人难以自持的是,当我于数年前遭际婚变时,在那么多前辈学者中,亦唯有傅先生一人,虽远隔万里重洋,却多次修书示慰。可现在,我刚算舔干了自己的伤口,正依偎在温柔乡里,欲将临近的佳期报与他知,岂料他如此溘然而逝,竟使我无缘让一位曾与自己分担过苦痛的忘年挚友,再来分享些许的欢乐……

这永远不可追回的令人黯然神伤的人生啊!

年届不惑后,每爱脱口吟诵"岂有豪情似旧时,花开花落两由之",总觉得业已看尽了沧桑,连"而已"都已放到了该放的地方。可今番才重又发现,只要西风乍起,心头的止水还会被吹起波澜的。就连写出那两句悼亡诗的鲁老夫子,不也照常发出"何期泪洒江南雨"之慨么?

当然,这样的凄楚,只有当一位"大好人"亡故时,才能感受得到,因为他先曾以自己的生存,让别人感受过人性的可爱、人际的温情。而傅伟勋先生,无疑正是这么一个"大好人",其知交韦政通先生甚至议论说,他简直就算是一个"滥好人"。对此我也有切身的体会:在傅先生的言谈中,似乎"无一人不好",所以他也就"对人无不好",或许正因乎此,这位"滥好人"的唯一苦恼,就是还有人尚嫌他"好得不够"!前几年他曾来信诉苦说,竟有朋友抱怨他"厚此薄彼",而实则自己"对他们同样好!"——我是太相信他的这番自白了,尽管对他无原则的"一视同仁",并不见得全都赞成。

但无论如何,惟其有这种"大好人"在,生存才教人留恋、亡殁也才教人惋惜。有些客居海外的同行,甚至才刚去沾了点洋气的学者,总喜欢扎紧领节板紧面孔,好让别人莫测高深,生出敬畏之心。我倒很愿意读他们的书,却不大情愿见他们的面。最起码,就算那副做派并非故弄玄虚,也不会有人在其身后再去追思怀想他们。所以相形之下,只有像傅先生这般容易接近的人,才会使人把欢聚引为一大快事,而时时渴盼着别后的重逢……

可这又正是最让人茫然的。也许是生性乐天,或者怕朋友担忧的缘故,傅先生即使身染沉疴,也总是轻描淡写一句便罢。所以,当我读到他那"近日须动一手术,但尚不致有生命之虞"的说法时,并未从信中得悉他真实的病情;而等我如实了解到"斯人斯疾"时,他又早已奇迹般地康复了。从此之后,我总是下意识地觉得,我们迟早还会在地球的哪个角落谋面。——讵料人世间竟有如此之偶变,而使寻常的道别倏成永诀!由此看来,还是古人的体味更为细致深刻,他们总是把别情当成永恒主题来吟咏,因为他们深知,只要稍遭运命捉弄,"生离"就会立成"死别"。

细思起来,傅先生病后的遭遇,一波而三折,亦大有蹊跷之处:世人尝道大凡天性乐观者,均不易身罹癌症,偏他竟以洒脱磊落之躯,而横受二竖之虐,此出人意料之一也;世人又亦咸以癌症为大限,认定凡染此疾者均历日无多,偏他又能霍然而起,活泼泼地重操学业,此出人意料之二也;世人更谓凡大难不死者,皆有日后之至福,偏他又在医疗发达之他乡,暴卒于手术感染的微恙,此出人意料之三也。大约除了受喜怒无常的阎罗王欺凌,人世间就再也寻不出甚么堪称规律的了?

而惟可聊作慰藉的是,据说傅先生曾在抱病期间,根据其独特的心理感受,写下了一本《死亡的尊严》——尽管我尚未有幸读到此书,却据此有理由坚信,即使直面着可怕的死神,他也仍将保持哲人的尊严,与之进行充满智慧的对话!

学界痛失叶晓青

7月26日,远在悉尼的老友康丹(Daniel Kane)突然写信给我:

> 我有很不幸的消息。我妻子叶晓青6月22日去世。最近三年以来,她一直患癌症,但还是要过正常的生活。我们一月底匆匆忙忙离开了北京,因为她的腿疼得厉害,几乎不能走路,她怕是癌症复发,只好回到澳大利亚来检查。我们有一点后悔,走的那么仓促,没有时间跟你和在北京的其他的很多朋友好好地告别,但没有办法。检查以后,医生们说她只有三个月到六个月的生活了……

这简直把我惊呆了!要知道,仅只在半年多以前,即去年12月14日,我们才在清华国学院为康丹主持了一次"国学工作坊"。这位博学的老友,以"辽代汉语与北京话的起源"为题,报告了他本人利用契丹语文献对汉语词汇的音写形式,来考察辽代"南京"(即今北京)汉语诸语音特征的新收获。叶晓青当然也陪着外子同来,他们两人从来就那么形影不离。在讲演和座谈中,他的研究那么引人入胜,而她对这个话题又那么如数家珍,给我留下了深刻的印象。

可我怎么那么笨呢?怎么就什么都没看出来呢?——但也许不光是我,那场讲演的主持人是姚大力,可他前不久还来要叶晓青的电邮地址,说是在工作坊中顺便向她约了一篇稿,说明他也是什么都没看出来吧?

晓青是我多年的朋友。她和康丹造访过我当年位于古城的小家,我们曾因陋就简地就在我的书房里,支起锅子涮羊肉;我也造访过他们后来在澳大利亚使馆中的家,非常高档地留宿在他们的客房里。不过,还是让我从追忆的意识流里,摘取两个更加戏剧性的场景,以为永久性的定格吧:

一次是在香港中文大学,我们碰巧都访问那里,当时正值九十年代初。晓青心事重重地问我:改革开放还能坚持下去吗?我则信心满满地望着窗外,指着朝着内地轰隆而过的运货车队,认定没人能阻挡那物流背后的经济动机。在那个节骨眼上,知识分子已显得相当孤单,但知识阶层自身还没有被外部的理论话语所颠覆和瓦解,所以彼此交流起来还心领神会,不像往后越来越心劳日拙……

还有一次是三年前,我在墨尔本开完会以后,顺便到悉尼来看看歌剧院。康丹和晓青开车拉我回家,不想路上却遇到大到恐怖的雷雨,不得已只好找个车棚停下来,专门让汽车避避雨。由此晓青特意告诉我,这部车子是他们新添置的,并且很为这次"鸟枪换炮"而骄傲。我这才稍微留意一下:那却正是韩国产的伊兰特,搁在北京也不过就是个出租车罢了。再联想康丹的资深教授外加系主任的地位,收入原本应当不错,更感觉这一对贤伉俪,真是志不在物质生活……

呜呼,晓青夫妇向来都是成双成对的,所以她这么倏然撒手,不要说康丹本人了,就连我都感到闪得慌!事实上,就连他们这次访问清华国学院,也是各自准备了一个讲题的,记得她曾在电邮中说:

> 自己也可给你们讲个完全汉学的题目:藏红花作为不同用途的多次引进和丝绸之路的盛衰。这个题目我已准备了好几年了,这么小的题目,越做越复杂,域外与希腊罗马埃及,以及波斯等有关,中国史上,时间上牵涉到唐和元。

只是,当时清华国学院才刚刚恢复,而国学工作坊也才刚刚启动,一下子无法同时安排两讲,所以就打算"以后再说"了——而谁知压根儿就没有"以后"了呢!早知这样,我当然会先安排她来讲的。人生啊人生,简直不知什么时候,就会留下难以追补的遗憾!但愿晓青临终前编定、交稿给陈平原夫妇的遗著,能把她这个研究成果收纳进去。

回想晓青这一生,恐怕无论苦乐,都免不了要跟"偶然"二字相连——偶然到澳大利亚去深造,偶然在那里跟一位老外结缘,偏又偶然地染上了这样的痼疾……要不阎王爷身边那对专门接引魂魄的小鬼,怎么一个叫做"黑无常",一个叫做"白无常"呢?而她对这种偶然性所做出的反抗,从而总还显出某种必然性的,则一个要数她那即将印成书册的学术研究,另一个要算她豁出性命生下的儿子易安了。

所幸的是,康丹在来信中说,晓青临走前没有多少痉挛和挣扎:"她没有多少痛苦,只是越来越软弱,睡得越来越多,到失去了意识,过了几个小时,就离开了我们了。"但反过来说,她却又把痛苦留给了我们,让我们惊得半晌说不出话来,并久久地停驻在追思中。正因为如此,为了寄托哀恸之情,这里特地把 2010 年 7 月 10 日刊载在《悉尼晨报》(*Sydney Morning Herald*)上的讣闻摘要转载如下——这样做也是为了让中国的学界知晓,又有一位同道离开了大家。

20 世纪 70 年代末,当中国刚从"文革"的动乱中抬起头时,一篇题为《近代西方科技的引进及其影响》的论文,震惊了大陆的权威史学刊物《历史研究》,更出人意料的是,其投稿人竟是一位初出茅庐、二十来岁的女学者。这篇功力深厚的文章研究了中国 19 世纪的知识分子曾如何应对西方的挑战;当时又正值中国面临新的开端,这又给了国人哪些启迪。它至今仍被视为 20 世纪 80 年代最有影响力的文章之一。

思考这篇文章的动机,萌生于某种特殊的环境。它的作者叶晓青,1952 年生于上海。"文化大革命"开始不久,她被下放到安徽农村喂猪种稻。九年之后,她回到上海,数年之内便因一系列拓新之文,而跻身于中国最有前途的青年知识分子之列。

叶晓青曾被上海社科院聘为研究人员,后又获得澳大利亚国立大学博士奖学金。她的论题关乎上海早期的文化转变:它为什么如此迥异于中国的其他地方。当北京的知识界为"国粹"而忧心忡忡时,上海人却怀着极大的热望走向了现代性。为什么会这样呢?她为了探寻答案而追根溯源,发现了上海人的混杂性,他们来自中国的四面八方,既有动力又有雄心。她1991年的博士论文是一部拓荒之作。它从未被人遗忘,其影响力在过去的几年中还与日俱增,为新一代学人开启了新的研究领域。

在这期间,她遇到了康丹(Daniel Kane),他是墨尔本大学的一位汉学家。他们在国立澳大利亚大学的饭堂里开始了交谈,谈论中国哲学与传统文化,夜复一夜。这场始于1986年的对话,整整持续激荡了24年,因为他们结婚了。可时隔不久,叶晓青却罹患乳腺癌,为此她饱受病痛的折磨。

即使如此,经过治疗以后,她仍然顽强地询问专家:自己是否还有怀孕的可能?尽管风险重重,那位肿瘤学家仍然强烈地支持她。这位医生名叫易安(Ian);而晓青和康丹在得子之后,就用此来为自己的儿子命名。

叶晓青先在莫纳什大学担任讲师。1995年,当康丹被任命赴北京就职时,她也抓住这次机会,继续研究一个自己在研究早期上海时遇到的悬案。有位唱京剧的戏子,曾被指控诱拐年轻女子并强娶她为妻。可在经历过黑龙江的一段流放之后,他又露面于北京甚至还进宫表演。怎么会这样呢?

她由此探索皇室档案,那些文献如此枯燥,数百年来无人过目。她发现了另一座金矿,并开始研究皇室、社会顶层精英、戏剧表演者、底层之间的关系。她发觉，在这些阶层及其品味的交互影响中，这种戏剧——即后来所讲的京剧——得以发展。基于这一研究，她撰写出一长串论文，很多都发表于国际顶级刊物。

1997年，康丹被麦考瑞大学聘为中国学教授，叶晓青也在基金会的支持下，在该校获得了专门研究的职位。她热情地投入教学，既启发了对中国所知甚少的澳大利亚学生，也让那些曾自以为了解中国的中国学生获益匪浅。他们位于悉尼西南部的家里，总是高朋满座，常有一群中国访问学者畅谈到深夜。

叶晓青的癌症于三年前复发，而她则更为努力地投身于研究和写作。她原本计划赶在年底之前，完成关于仪式戏剧和皇宫的著作。而一旦发现自己来日无多，她更是全力以赴来完成这本书。她为此一直奋斗到四月底，而此书旋即被香港中文大学接受出版。北京大学中文系也建议叶晓青编出其作品选。她实现了这一建议，此文集将于今年年内出版。

叶相信事物之间的相互联系。她的人生哲学基于儒家的世俗伦理、佛家的悲悯情怀，和道家的出世精神。她的谨慎求是，她的睿智和直觉，交融生发出一种罕见的学术洞察力。

在这个世界上，叶晓青留下了她的丈夫康丹、他们的儿子易安，和自己的兄弟姐妹，后者目前都生活在中国。（余婉卉 译）

人生不过是将错就错

——五十答客问

能谈谈你的童年么？你从一开始就选择了人文研究吗？

人生的道路一旦起始,除了太过浑浑噩噩之辈,总要努力想象自己的目标,这可能会构成砥砺的动力。不过,又从来没有哪个人敢说,自己从第一眼就看穿了自己的未来。人总要根据环境的变迁,适当调整符合自己才能的定位。在初衷和权变之间,在咬定青山和随波逐流之间,总有一种互相拉扯的张力。

表面上我虽畅快健谈,但骨子里,我连从生理上都眷恋着书房。不过,要不是"文革"的阻断,我喜爱静思致远的天性,更可能导向高远的天文学。夏夜纳凉仰望夜空时,母亲就曾针对我喜好数学与天象的特点,说我将来可以选择"数(学)天(文)系"。鉴于父亲的惨痛教训,也许母亲最不情愿让我选择的,就是目前这种弄笔生涯了。难以想象,她要是活到今天,见儿子偏偏以此名世,会有怎样的感受? 也许她会引以为骄傲,但也许还是觉得我误入歧途。

当然,除了数学和天文之外,我天性中也有朝向现在发展的潜能。比如上小学的时候，总被训导"为共产主义奋斗终身"，这类漫无边际的话语构成了当时作文课的主要内容。而我的作文在学校里又小有名气，往往要拿到下堂课当作范文朗读，无意间也算是帮着传播了这种训导。不过，正因为宣传的调门太高了，即使在那个尚没有多少自我意识的年纪，我也默默地发过狠：长大后非把老马克思写的书通读一遍不可，看看他说得到底有理没理？

在当时的无底深渊中，还生出这般不知天高地厚的念头来，而且还顽梗不化地念兹在兹，只能归咎于人类本能的倔强罢？事实上，刚刚两岁的时候，父亲就落入文网成了右派，这对于一个脆弱的家庭来说，绝对是灭顶之灾。前年年底，父亲终于走完了他的坎坷之路，我也在悼词中追记道："这顶现在看起来简直是政治笑话的右派帽子，当年像巨大的磐石一样压在全家人心里，不仅给父亲带来了精神和肉体的双重折磨，也使我们的童年彻底失去了色彩。"这个家庭还能存在下去，几个孩儿还能长大成人，主要是靠母亲的独立支撑。她是一位要强和富于牺牲的女性，并未在父亲落难时离他而去，而且即使在那样艰危的时刻，也从未放松对子女的教育。

一步一步往黑洞里掉落，等掉落到"文革"时期，那真是苦海无边了。撇开狗崽子的屈辱不谈，尽管我的学习成绩总是第一，却没有资格升入高中，只能当半成品分配出去。连同学们都替我打抱不平，因为我虽然出身低贱，成绩却远比那些出身高贵的孩子好。母亲也曾大着胆子向校方恳求过，得到的却只是鄙夷的回答——"他可不属于照顾对象！"到现在我都还能记得，母亲在遭到拒绝以后，回来后是怎样掩面痛哭！

刚学完一元二次方程，还不知二元一次怎么解，就被分到工厂去做童工了，干的还是最吃力的翻砂工！当时有句顺口溜：紧车工，慢钳工，吊儿郎当是电工；要想溜，干维修——叫干翻砂，不如回家。可就这么个"不如回家"的工作，对于一个右派的孩子，已经算额外开恩了，妹妹弟弟还都因此不再准许留城了。当时，学徒的工资每月只有 15 块钱，可由于干的活太重，粮食计划却多达 49 斤，就这样也还是不够吃，不然工作就顶不下来，所以还要再买黑市粮，几乎全部的工钱都用来糊口。

但凡事总有转化的可能。那些家庭出身好的人，在社会上有门路的人，分到了较好的工种，这让他们心满意足，好像就等着结婚生子了。唯独我的工种，便在工人中也是最底层的，又脏又热又吵，连领导都懒得过来视察，谁也不会安于现状的。另一方面，又正因为这么累，反而可以时常休息片刻，这权利连上帝也不能剥夺。所以，要想读书上进的话，这又比整天盯紧了车床有利。每逢休息，我就一身臭汗地躺在破麻袋上，从屁股后边掏出一本书来，旁若无人地读起来，哪怕鼓风机就在身边狂叫着，连面对面大声嚷嚷都听不清。我当时的藏书也跟我的工作服一样，抹满了黑乎乎的铅粉。可不管怎么说，这种坚持自修的结果是，等到右派的孩子也获准考大学了，我在数学方面也自修到微分方程了，连在化学方面也自修了到了大学程度。另外，我的外语基础、文学创作、声乐爱好，也都是在工余时间发展起来的。

说起来难以置信：到了"文革"后期，由于闲暇时间特别多，又由于读书确实没什么用，那些真爱读书的人，反而可以自由地发展志趣,以至于跟目前这种填鸭式教育比起来,反倒像是受过贵族教育似的。前几年到德国讲学,见欧洲人特重中等教育,哪怕你已是名牌大学教授,还要询问你的中学履历。可我怎么跟人家解释呢?也许那种铁花飞溅的翻砂车间,就算是我实际的中学课堂吧?我当时也确是每天背着大书包去上工的。可不管怎么说,从文学到音乐,从科学到外语,竟也打下了相当的童子功,光是文学原著的阅读量,就肯定超过了我如今在北大中文系的一般学生。

想当天文学家的愿望,到这时已不再现实了,根本就接触不到望远镜。就连深钻化学的企图,也只能在理论上满足,没有条件进行化学实验。幸而,人就像惠特曼诗歌里的蜘蛛一样,总可以把自己的生命力,化作一条条不经意的丝线,尝试着朝各处飘去,等候着不期而至的可能。不知不觉间,我的文学创作才能逐渐崭露出来了!这很大程度上是受到了家父的遗传。后来我才明白,越是对于外省小城的孩子来说,去尝试文学而非其他才能,就越是现实可行的选择。作为初出茅庐的业余作者,我有时也获准参加市文化局创作组的活动。记得后来成了写家的周梅森,也常来跟我们一起活动,他当时属于徐州矿务局,最大特点就是写得飞快,一眨眼就会告诉你,我又干完了一个三部曲!

一旦恢复高考,你就一切顺利了吧?为什么报考了哲学专业?

其实,高考对我一点都不顺利!当时的规定是,先要通过市里的初试,然后再参加省里的复试。可没想到,我以业余作家的身份去考简单的语文,以学过高等数学的水平去考初级的数学,居然没有通过初试!就连明明在日语初试时名列榜首,也照样被拒之门外了,那专业据说属于"保密性质",将来要替领导当翻译的。一切看来都已绝望,而且以我当时的心情之硬,就连伤感都嫌太奢侈了,否则还不早被逼疯了?偏在这时,生活往往又闪出一条小缝,试试你抓住机运的准备如何。南京艺术学院来招生了,凭着天生的好嗓子和断断续续的训练,我毫不犹豫地报考了声乐演唱专业。看来对这种特殊专业没那么多限制,将来充其量当个"戏子"罢了,所以我又侥幸获准参加复试了。就这样,本来唱着玩的一种爱好,竟于无意之间拯救了我!一轮一轮地考下来,从几百名考生淘汰到几十名,又从十几人淘汰到几个人,最后只剩下自己一个人在坚持了⋯⋯

报名特殊专业的考生,也要参加文科复试,这下我可来劲了!憋着强要出头的心力,我在考场上狠命发挥急智,就着命题写出一篇叙事诗来,那题目出自叶剑英的两句诗——"科学有险阻,苦战能过关"。当时具体写了些什么,现在已记不真切了,肯定还是属于惯发的虚火,不过靠点漂亮句子崭露文采罢了。可没想到,后来在阅卷过程中,三位阅卷教师爱才心切,居然联合担保,破格给这张考卷打了满分。这在作文评分中非常罕见,打小我们就被告知——你不是大文豪,文章不会完美,不可能拿满分。

然而福兮祸所伏。卷宗到了教育局的总审组,马上引起了上峰关注,必须打开来特别过目。而这一拆封不要紧,马上引起了两个后果:首先是这首诗不胫而走,拿到各中学的课堂上朗读;其次是,它也随即引起了争议，主要是被一位姓朱的教师(此人有亲戚住在我们那个院子)咬住了："这人我知道，是右派的儿子，应该打零分。"现在再听这种理由，也实在太可怕了吧？可当时就能讲得振振有辞，别人就算听不下去，也只敢在私下里嘀咕——咱们到底是语文总审组，还是政审组？这位姓朱的又找了个理由，认定这首诗写得这样成熟，指不定是从哪里抄来的。然而核查我的草稿纸，每一行都经过勾勾划划，修改的过程赫然在目。他于是又编了个理由，说我长期从事文学创作，写首诗驾轻就熟，岂不有故意讨巧之嫌？然而语文考试的目的，原是判定语言文学的水平，既已知这位考生的能力之强，连写首诗都不在话下，为什么反要打低分？就这样争来争去，为了一个小孩子的分数，一群高中教师吵到了半夜，还特地安排了一顿夜餐。最后，只好由当时的中教科长来和稀泥，把分数给我从100减成了80。这已是相当平庸的分数了，弄不好要被耽误一辈子的！三位破例判分的老师，想必非常懊丧，早知还不如少判几分呢！

不减掉这二十分，此生会是如何，这已完全不可知了。而更加戏剧性的是，接着又撞上一种偶然，肯定是大大影响了一生。本以为要靠歌唱而过活了，不料高考录取通知书寄来，却是南京大学哲学系！后来才晓得，分数虽被扣掉了20，仍然超过了重点的上限，足以被南大抢先录取了。那阵子真是什么规矩都没有，南大作为省内第一高校，居然可以提前半天提档，完全不考虑考生的志愿。可在一个外省小城的孩子看来，再没有什么学科，能比倒霉的哲学更乏味了，不过就是唯物论唯心论什么的吧？我硬着头皮上这个大学,主要还是为了母亲,她跟着父亲流了这么久的泪,就遇到过这一件高兴事——含辛茹苦带大的三个孩子,一次全都考上了大学,再也不要为插队之类的事发愁了！她用家里最大的旅行袋,装满了最好的糖果,到单位里无论碰见谁,包括那些常年欺负我们的人,都满满地送上一大捧。此情此景,至今还使我激动不已……

你终于觉得一帆风顺了吧？听说你后来曾在母校执教,这应当说明你当时学得不错吧？

学得是好是坏,要看对"学生"这个概念的理解。如果尺度是温良驯顺,那我肯定不是个好学生;如果标准是青出于蓝,那我差可算是个好学生。

当时哲学系的课堂,一写就是一黑板,我却根本就抄不下去。要求我们背诵的内容,无非是"世界是物质的""物质是运动的""运动是永恒的""世界是无限的"之类的教条。正统意义上的好学生,都团团转地忙着他们的笔记四部曲——记录笔记、整理笔记、背诵笔记,以及(考试时)复述笔记。然而我更愿伤脑筋的,却是怎么先把它们想通。比如,这物质世界既是无限的,说明从来都没有够到边,你老师又是怎么知道的？由此,一个学期、一个学年下来,班上整整七十八名学生,自己的分数总是倒数前茅。那么,究竟为什么会后来居上,成了公认的学问家？恐怕我的大学同学们,到现在都还有点晕。

但我却明白原委。刚进大学就过了23岁,这年龄对于一位本科生，已有相当多的不利了。唯一有利的条件是，那正是中国最解放的时期，就把现在都算上，也享受不到那时的解放感了。这种气氛，又偏偏最适于人文学的发展。只要在没有现成答案时，你就能大着胆子自行摸索。偏巧，我又是校文工团的声乐队长，可以名正言顺地逃课，享受自由阅读的快乐。这样，正统哲学既不对口味，我就从艺术爱好出发，去寻找更对心思的学问，由此便接触到了《新建设》杂志编辑的《美学问题讨论集》，一本一本地念下来，不觉就成了"李泽厚派"，他的解释毕竟要周全些。

其实那类美学论辩，本身并没有多少趣味，而真正有意思的是，它不觉间训练了我的思想。哪天早上我突然发现，哲学已经不再这样死板了，只要你不再去死记硬背。巧得很，把我接引到这边来的，又是李泽厚的新作《批判哲学的批判——康德述评》，我偶然在学校书亭里买到了它。回想起来，就连这本书的局限性，当时也是很有帮助的。如果一下子就塞给我康德本身，那么无论是外文原著，还是蓝公武的译本，我很可能都念不下去。而他这本意以马克思来解康德的书，却意外地搭起了一条便道，反过来把我从马克思接回了康德。我恍然大悟了：那些令人想不通的教材，之所以想不通，是因为在哲学水准上低于康德。"认识论转向"之后的哲学史，原本容不下那种形而上的虚构。

对于玄奥的哲学思辨，我慢慢甘之如饴了。年龄更成熟些，自有一种好处，可以把抽象玄奥的学业，跟鲜活的经历连在一起。当时的一大焦点是：对于马克思究竟怎样理解？是基于康德还是黑格尔？这在当时是很现实的。选择前者，就意味着选择主体、自由、或然、开放、怀疑；选择后者，就意味着客体、必然、确定、封闭、独断。
事实上，在早期和晚期马克思之间，在他私下的手稿和公开的著作
之间，同样留下了足够的解释空间，足以支持这种或者那种理解，从
而把不同的诠释态度凸显出来。鉴于我的磨难经历和不驯天性，选
择是不言而喻的。所以在毕业班的学术报告中，我讲的题目正是
《回到康德去》。系里有一位马哲史名家，由此却觉得我样样荒谬，
就每堂课都抽出点儿时间，系统清理我的错误见解，直到把我批得
越来越自信。当然，这位老师的态度也还宽容，甚至对我也还有几
分欣赏，后来还坚持要把我从浙大调回来。真不知共和国的历史
上，还有没有另一个时期，学生可以完全不怕老师，坚持要平起平坐
地辩谈。所以，回想起大学时代，真正给我影响的，倒不是什么具体
课程，而是弥散在校园的自由氛围。至于实际的课堂讲授，与其说
传授了什么真理，不如说散播了太多的谬误，逼得我总要琢磨着反
驳，从而大大锻炼了脑力。

到了大学四年级，思想已经很奔放了。尽管只是一篇学士论
文，我却利用这种批判精神，来剖析自己最感兴趣的学科。我发现，
与汉语"美学"一词相对应的西文词汇，初始本义应当是"感性之
学"。但感性范畴却不光有美，也还有丑，以及美丑两极的许多中间
范畴。那么，为什么要把"感性之学"翻译成"美学"呢？由此一步步
追问下去，把我学过的日语、英语都用了上去，引出了整整一本书的
话题，也逐渐创造出了诸如"丑学"、"审丑"、"丑艺术"这些新词，来
概括绝望的现代艺术运动。这些思考后来反映到了我的《西方的丑
学》中，这些词汇也早已为人们接受和习用了。

你大学毕业后的经历如何？何时选择了负笈北上？

快要毕业的时候，母亲突然离开了我们，连一天好日子也没过上，这使我极度伤感，根本无心应付应届的硕士生考试。坦率地说，就算我有心去对付它，也未必能通过那些僵化的政治考题。以我当时的解放与率性，那已不单是死记硬背的问题，这个样子以谬误来应付谬误，根本就在德性上有亏！所幸的是，后来可以凭已经出版的著作，申请以同等学力直接报考博士生，避开了政治课考试，否则我差不多肯定会被它逼到国外去的。

我一向对功名看得很淡，要不是为了迁居北京，也不一定非要拿这个学位。再说，我先后在浙大和南大教过书，在两边也都受到了承认，而且那里的生活和气候，也都远远地胜过北京。然而，这么个山东大汉，走到哪里却都摆不脱"江南才子"（甚至"江南第一才子"）的戏称，反教我觉得很是腻味，受不了此语中暗含的轻狂浮浪，而渴望着到京城去寻觅功力相抵的高手。同时，我还有个未了的心愿：我是读了李泽厚才被领进学术之门的，却一直跟他缘吝一面。就这样，幸得庞公荐举而李公不弃，终于在1985年通过考试卜居京城。

80年代中期，一个与思想解放相适应的制度变通，就是各种丛书编委会的相继创立。学者们出于精神的追求，组织了这种不需特别批准的团体；出版社也由此获得了编外编辑部，热情和水准都更高，还不用解决福利问题。这样，双方就在制度的缝隙里，找到了权宜的合作方式,空前解放了学术生产力。这种空前的学术景气,不仅帮助中国大陆在学术上急起直追,也为此后的学术生产,预留了一些帅才。直到现今,民间学术的领军人物,仍多是从文化热中锻炼出来的。

来自孔子家乡的人,本有"以天下为己任"的冲动,再遇到这样的氛围,难免就把学术出版看得很重。有人嘲笑我"生活在幻觉中",我听了却觉不出其中的讽刺意味,其实每个人都生活在自己的幻觉中,包括那些自以为最现实的挣钱狂。而对我来说,最难以忍受的一种想象,就是想到一个社会有我也行,没有我也行! 由此在我看来,对于一介书生而言,对于学术出版的积极参与,至少可以最低限度地满足内心的社会责任感。设非如此,我就不会二十年如一日地坚守着它,用不着外力的半点督促。

在学术出版的问题上,我总爱打一个喝茶的比方:我这里端起一杯茶,一动不动地端上一分钟,你知道我是在提神;一动不动地端上两小时,你会怀疑我是不是失恋了;一动不动端上二十年,那我已然算是文物了! 这就是我所讲的"熬成传统"。当年拉我进"走向未来"的人,拉我进"文化:中国与世界"的人,眼下都已移居香港,对学术出版都不大热心了。可我还在津津乐道地坚守着。水落石出的结果是,前些时哪家报社评选"新时期十大丛书",从"汉译世界名著"算起,囊括了"走向未来丛书"和"现代学术文库"等,可唯独一个人名下有两套大书,就是我的"海外中国研究丛书",和我的"人文与社会译丛";而且定睛再看,那十大丛书其实也多已式微,唯独我的这两套书,至今仍然绵绵不绝好戏连台。不久以后,我还要再推出自己的第三套书!

此外,还有一项足以感动自己的工作,那就是学术杂志的创办。在这方面,我也是从参与《走向未来》杂志开始,先当它的编委,后任它的副主编,并随即主持了它的全面改组,把能够想到的一时之选,都请进了一个强大的编委会。只可惜,连一期刊物都没来及印刷,杂志就骤然夭折了。紧接着,我又把热情投入了协助《二十一世纪》杂志,还又在南巡之后,帮助筹划了《东方》杂志,并为它组织了学术咨询委员会。最后,在哈佛燕京学社的大力支持下,我又在商务创办了《中国学术》杂志。

如果从筹办期算起,《中国学术》已进入第七个年头了。它所达到的学术量,在国内也肯定创下了纪录。不过,它的志向其实并不在国内,而是瞄着国际话语竞争场。每次到国外讲学,我总感到有点憋气:为什么我们奋斗了这么久,可是中文的学术期刊,无论官办的还是民间的,严肃的还是随俗的,统统得不到国际的承认?仔细想来,大概有三个原因:第一,从操作上说,这边没有严格匿名评审;第二,从内容上说,这边的意识形态色彩太重;第三,也不能否认,那边对于中文乃至中国人,尚有说不出口的种种偏见。唯其如此,就更得先把自己的事情办好!如果还像过去那样,一份杂志尽管被册封为核心,却是谁当院长谁就挂名主编,还能在同一期刊物上,连发三篇同一位领导人的讲话,那就怪不得别人轻贱自己了!考虑到这些原因,我们不光严格地匿名评审,还为了赢得国际威信,要求无论任何稿件,都务必做到全球首发。我们的这种努力,已经获得了国际的初步认可,什么时候真正水滴石穿了,兴许汉语就能跟英语一样，成为国际学术界的工作语言了。

> 可以想象你的忙碌！那么，怎样维持"内圣外王"的平衡呢？谈谈你的教学与研究吧！

早在纪念五四运动七十周年的时候，我就已意识到了"内与外"的矛盾。我曾经这样写道："胡适的书房，就好像设在一条驶到河心的破轮船上。他不舍得离开房间，不然他就做不成学问；但他又很想去看看水手们到底把漏洞堵上没有，因为船若沉了他还是做不成学问。他只能在这个二难推理中惶惑着和摇摆着。"这当然也是夫子自道。所以，只有回溯到九十年代初的普遍低落，才能理解我为什么会在一个阶段更偏于外在事功，去恢复民间学术的自主空间。

不过，对这个"走进还是走出书房"的问题，仅从悲观一面来看，当然使我们左右为难，但从积极效应来看，又可使我们通过仔细的权衡，逐步甄于内外双修的完满。当代风习的普遍缺陷是，无论是校园外面的严峻压力，还是学科内部的严格分工，都使得许多专家型学者误以为，只要能遁入书房便能灵魂得救。然而，多到国外走走你会发现，美国同行们尽管研究条件优越，有时候反会羡慕我们的社会参与和影响。人文学术被提得太纯了，就跟真实世界相隔遥远了，就失去必要的发展动机了。

当然，起而践行和坐而论道，不会没有矛盾的，人生就这么多时间，学术生命本来就很短。即使在一个时期不得不有所偏重，但就我本心而言，最能感觉过瘾的，还是沉浸在方生方成的创造中——

不管是在北大的课堂上，向着同学们朗声发出，还是在家中的书桌前，身心欢快地奋笔疾书。如果在前一阶段，那种"书成每为职称谋"的世风，曾使我对埋头写作有些腻烦。那么，偏偏到眼下不再需要申报、甚至可以不再考虑发表的时候，我的写作冲动反而旺盛起来——就像不求闻达的一朵小花，从根茎处想要绽开自己的生命。越是接近"知天命之年"，我越是清楚地意识到，自己的"天命"终将有待于创造性的写作。当然，这里说的创造性，并非出于现代知识生产的商标意识，实在是因为一旦深钻进去，就会发现那些被普遍盲从的天经地义，信着全无是处，非要靠自出机杼的运思来打通。

在日常生活中，北大于我显得很淡。我时常半开玩笑地说，北大不过是我的礼拜堂罢了，每星期只来一次，来了就忘情地宣泄，讲完了转身就走。然而，在内心深处，北大对我却绝非可有可无。来这样的学校教书，有许多难以与外人道的好处。比如，课程不多却要求很高，你可能也应当教得很精。再比如，学生不多却质量很高，你应当也可能带得很精。由此一来，教书对你就决不再意味着牺牲了。刚好相反，正是当你面对学生"出声运思"的时候，很多想法才既放松又雄辩地滔滔而出，使你的课堂成为真正意义上的思想实验室。而你的那些爱徒，也并非纯然被动的听众，有可能成长为学术的后备队。事实上，当我把美学跟比较文学进行结合，发展出"比较美学"的新方向时，或者当我拿国学跟汉学进行对话，发展出"国际汉学"的学科史时，都非常借重于这种教学相长的氛围。正是在这种氛围中，我并未由于人到中年，而出现任何的保守或衰退，相反思想倒是更加活跃了，唯不过是把胡适的那句名言，发展成了"老师大胆假设"，"大家小心求证"罢了。正是在这种思想实验室里，我们发展出了更多的骇俗之论，尽管一时还没顾上把它们端出来，而且未必都会把它们端出来。

你们的这种状态真令人羡慕！那么，你现在是否有"志得意满"之感？

就我的脾气而言，是绝不会"为赋新词强说愁"的。的的确确，就个人的生命状态而言，这对我是较为顺畅丰足的一个时期。无论你在书房，在课堂，在书店，都能看到我尽情燃烧的迹象。而生命潜能的极限发挥，也确实给了我抵抗流年的心理依据。我平生最服膺孔子所讲的这句话："其为人也，发奋忘食，乐以忘忧，不知老之将至云耳……"记得刚做李泽厚弟子的时候，我对他吟诵过这段话，他却笑我年轻不配。而现在，我也差不多已到了他那时的年龄，应当有资格这样引用夫子了罢？生命总是在不断流逝的，无论我们是否惧怕，所以要紧的还在于找到一种确凿的意义，全身心地扑将上去，并且忘情地享受着，乃至于忘记了自己是在变老……

记得萨特在总结一生时，出于其入骨的悲观主义，曾经坦承自己的初衷是当个像黑格尔那样的哲学王，所以平生虽已薄有浮名，说到底仍属于一场失败。相形之下，我从未像萨特那样幸运过，就连此生以思想为业，也并非出于儿时的主动选择，更不是出于当个"万人敌"的壮志，而不过是将错就错罢了。然而即使这样，我却看不出像萨特那般悲观的理由。也许，就人类的命运而言，不管是个体的道路,还是群体的道路,乃至总体的道路,终不过就是将错就错而已。世上本无那么多正确,你只能在压歪了的车辙上,深一脚浅一脚地前行。然而,恰是在将错就错的时候,我们在人生和文明的轨迹中,却渗入了自己顽强的心力,渗入了修正错误的努力。在这个意义上,将错就错这种行为本身,就意味着找寻着正确与光明。

就我个人的前半生来说,尽管读这种书和写这种书,本不过是瞎打误碰,然而读书毕竟是读书,它还可以歪打正着,不期然而然地提升你的人格,终于使你获得较为广大的眼界,去更加合理地审视自己的初衷与未来。如果适逢此时你又能发现,自己的全部学术努力,恰恰有幸能跟母国的国运、跟整整十几亿生灵的命运连在一起,则你的生命就有可能得到辉煌的超拔!学术研究纵有千般辛苦,却有一件足以补偿的回报:那就是完全不在乎退休,说到底也根本就没有退休。只要天假以年,我就会不稍间断地再创造性劳作三十年!话说回来,即使不能再工作得那样久,我也照样会胸襟开阔地拥抱大化,而不会执着于区区之小我。——至于终于成就了什么,比如"著作等身"的数量,或者"藏之名山"的礼遇,相比起对于此一过程的忘情享受来说,真就那么重要么?

其实只要三寸气在,一切就都可能重写,而一旦已然无力改写,那我反正什么都不知道了!

2005 年 3 月 3 日于京北弘庐